Scherz Krimi

Spannung mit Niveau

Von Erle Stanley Gardner sind erschienen:

Der blonde Bluff
Der Blutsauger
Die einsame Erbin
Die falschen Würfel
Frühstück für eine Million
Das Geheimnis des Kanarienvogels
Geschäftsmann mit Vergangenheit
Der goldene Köder
Guter Ruf ist teuer
Handel mit dem Schicksal
Der heulende Hund
Die kalte Spur
Katzen haben scharfe Krallen
Das Mädchen vom Golfplatz
Der Mann im Smoking
Der nervöse Komplize
Party der Unschuldsengel
P. M. und das Geständnis im Dunkel
P. M. und das halbierte Haus
P. M. und das Mädchen mit der Narbe
P. M. und das fliegende Gift
P. M. und der blonde Bluff
Die Pfotenspur
Rache in bar
Roter Drache, weiße Weste
Roulette mit dem Teufel
Schlafwandlers Nichte
Die schönsten Beine von Cloverdale
Schuß nach Mitternacht
Die schwarze Limousine
Die seltsame Braut
Die seltsame Nixe
Der unerwünschte Nachbar
Der vertauschte Casanova
Das vertauschte Gesicht
Was wußte Diana?
Wohin fuhr der Tote?
Zu treuen Händen

Erle Stanley Gardner

Perry Mason und das fliegende Gift

Scherz
Bern – München – Wien

Einzig berechtigte Übertragung aus dem Amerikanischen
von Mechtild Sandberg
Titel des Originals: »The Case of the Careless Cupid«
Schutzumschlag von Heinz Looser
Foto: Thomas Cugini

1. Auflage 1990, ISBN 3-502-51245-0

Gesamtherstellung: Ebner Ulm

1

Selma Anson schob ihren Teller weg und trank den letzten Schluck Kaffee. Sie nahm die Rechnung zur Hand, die man ihr auf den Tisch gelegt hatte, unterzeichnete und schrieb die Nummer ihres Apartments dazu.

Als sie aufstand, legte der Mann, der an einem Ecktisch gemächlich sein Frühstück eingenommen hatte, die Zeitung aus der Hand, erhob sich ebenfalls, straffte die Schultern, knöpfte sich das Jackett zu und ging zur Kasse.

Als er gezahlt hatte, schlenderte er ohne Eile aus dem Speisesaal und durch das luxuriös ausgestattete Foyer des Apartmenthotels zur Tür. Selma Anson befand sich unmittelbar vor ihm.

An der Tür blieb sie unvermittelt stehen. Der Mann hinter ihr zögerte.

»Ich finde es an der Zeit, daß wir uns einmal miteinander unterhalten«, sagte Selma Anson.

Der Mann hielt den Blick auf die Straße gerichtet, offenbar ganz in Gedanken vertieft.

»Ich rede mit Ihnen«, sagte sie.

Der Mann fuhr überrascht zusammen, wandte sich Selma Anson zu und starrte sie an wie jemanden, der unvermutet Symptome geistiger Verwirrung zeigt.

»Tun Sie doch nicht so«, fuhr sie ihn an. »Sie verfolgen mich jetzt schon seit über einer Woche. Ich möchte wissen, was das soll.«

»Ich Ihnen folgen?« rief der Mann.

»Jawohl! Seit über einer Woche«, wiederholte Selma Anson energisch.

Der Mann, etwa Mitte Dreißig, war mittelblond und schlank. Er trug einen dunkelgrauen Anzug und eine dezente Krawatte. Im Menschengewühl einer Untergrundbahnstation wäre er überhaupt nicht aufgefallen.

»Ich glaube, da liegt eine Verwechslung vor«, sagte er und wandte sich zum Gehen.

Selma Anson war Anfang Fünfzig. Sie hatte sich ihre gute Figur, ihre Gewandtheit, ihren Humor und ihre Unabhängigkeit erhalten. Seit dem Tod ihres Mannes vor einem Jahr schmeichelte sie sich, das Leben einer Individualistin und Nonkonformistin zu führen. »Ich lasse mir nicht vorschreiben, was mir zu gefallen hat«, pflegte sie zu sagen, »und wenn mir etwas nicht gefällt, dann mache ich auch kein Hehl daraus.«

Im Augenblick sah es ganz danach aus, als gehörte der Mann, den sie angesprochen hatte, entschieden zu den Dingen, die ihr nicht gefielen.

»Ich habe zwar keine Ahnung, was das zu bedeuten hat«, erklärte sie, »aber es steht fest, daß Sie mir seit mindestens einer Woche auf Schritt und Tritt folgen. Ganz gleich, wo ich hingehe, überall taucht Ihr Gesicht auf. Das reicht mir allmählich, und darum will ich Ihnen jetzt einmal etwas sagen. Ich hasse öffentliche Auftritte, und ich weiß auch nicht genau, was ich rechtlich gegen Sie unternehmen kann, aber wenn Sie mir noch einmal unter die Augen kommen, werde ich Sie coram publico ohrfeigen. Hoffentlich macht das dann genug Wirbel, um zu einer Aufklärung dieses albernen Theaters zu führen.«

Die Augen des Mannes funkelten vor Empörung. »Unterstehen Sie sich«, zischte er drohend, »und Sie werden Ihr blaues Wunder erleben. Ich werde Sie auf Schmerzensgeld verklagen und Sie wegen Körperverletzung anzeigen. Das wird Sie teuer zu stehen kommen. Wenn Sie mir das nicht glauben wollen, würde ich Ihnen raten, sich mal mit einem guten Anwalt zu besprechen.«

Ohne ein weiteres Wort drängte sich der Mann an ihr vorbei zur Tür, eilte hinaus und verschwand im Gewimmel der Passanten.

2

»Ihr nächster Termin ist in einer halben Stunde«, sagte Della Street, Perry Masons vereidigte Sekretärin. »Draußen wartet eine Mrs. Anson – Selma Anson. Könnten Sie die rasch noch empfangen?«

Perry Mason runzelte die Stirn und blickte von dem Urteil des

Obersten Gerichtshofs auf, das er vor sich liegen hatte. »Was will sie denn?«

»Sie behauptet, sie würde verfolgt; nun möchte sie wissen, was ihr passieren kann, wenn sie den Mann ohrfeigt.«

»Bißchen plemplem?« fragte Mason.

Della Street schüttelte den Kopf. »Den Eindruck macht sie nicht. Sie ist bestimmt keine Neurotikerin, sondern wirkt sogar sehr sympathisch und patent. Aber allem Anschein nach auch recht energisch. Ich glaube, wenn sie zuschlägt, dann sitzt's«

»Wie alt?«

»Anfang Fünfzig.«

»Geld?«

»Ihre Schuhe haben mindestens dreißig Dollar gekostet. Sie hat eine Krokotasche, und ihr Kostüm ist bestimmt nicht von der Stange. Sie ist gepflegt und...«

»Behäbig?«

»Nein, für das Alter noch eine sehr gute Figur. Gut zurechtgemacht, aber nicht auffallend. Und – ich glaube, daß sie allerhand durchgemacht und daraus gelernt hat.«

»Na schön, ich will mir mal anhören, was sie zu sagen hat«, entschied Mason. »Aber ein bißchen Skepsis müssen Sie mir schon zugestehen, Della. Es gibt massenweise Leute mit Verfolgungswahn, und wenn man so einem Individuum Teilnahme entgegenbringt, entwickelt es sich meistens zu einer Geißel Gottes.«

»Na hören Sie mal«, rief Della Street empört. »Wofür bezahlen Sie mich denn? Solche Leute erkenne ich auf Anhieb.«

Mason lachte. »Also gut, reden wir mal mit Mrs. Anson, dann werden wir ja sehen, ob Sie diesmal auch wieder ins Schwarze getroffen haben, Della. Ich hab' aber nur ein paar Minuten Zeit.«

Della Street nickte, ging hinaus und kehrte mit Selma Anson zurück.

»Mr. Mason«, sagte sie.

Selma Anson musterte flüchtig die kräftige, hochgewachsene Gestalt des Anwalts, das wellige Haar, die markanten Züge, und lächelte dann.

»Guten Tag, Mr. Mason. Ich habe Ihrer Sekretärin in Umrissen schon erklärt, was mich hierherführt. Ich werde verfolgt, und Sie können mir glauben, daß das keine Einbildung ist. Ich weiß, daß Sie viel zu tun haben und unangemeldeten Besuchern nicht viel

Zeit widmen können. Es versteht sich von selbst, daß ich Sie für Ihre Bemühungen bezahlen werde.«

»Und was kann ich für Sie tun?« fragte Mason. »Bitte nehmen Sie doch Platz, Mrs. Anson.«

Sie ließ sich im Sessel vor seinem Schreibtisch nieder. »Ich habe einfach genug«, erklärte sie. »Heute morgen frühstückte ich im Speisesaal des Apartmenthotels, in dem ich wohne, und der Mann war wieder da. Er ließ mich nicht aus den Augen. Es ist klar, daß er auskundschaften wollte, was ich heute vorhatte.«

»Und was taten Sie?«

»Ich packte den Stier bei den Hörnern. Ich sagte ihm ins Gesicht, daß ich es mir in Zukunft nicht mehr bieten lassen würde, von ihm bespitzelt zu werden, und drohte ihm an, daß ich ihn vor aller Öffentlichkeit ohrfeigen würde, wenn er mir noch einmal zu Gesicht käme.«

»Wie reagierte er darauf?«

»Er meinte, das sollte ich erst einmal mit einem Anwalt besprechen. Er drohte mir an, mich auf Schmerzensgeld zu verklagen und mich wegen Körperverletzung anzuzeigen, und das würde mich teuer zu stehen kommen. Können Sie mir die rechtliche Lage kurz erklären, Mr. Mason?«

»Bei der Klage auf Schmerzensgeld handelt es sich um eine zivilrechtliche Klage. Da kann man Sie unter Umständen zu einer beträchtlichen Entschädigung verurteilen, die Sie dann direkt an den Geschädigten zahlen müssen. Bei der Anzeige wegen Körperverletzung hingegen handelt es sich um eine Strafanzeige. In einem solchen Verfahren könnten Sie unter Umständen sogar zu Gefängnis verurteilt werden. Auf jeden Fall aber würde man Ihnen eine Geldstrafe auferlegen. Der Mann hatte recht, es kann Sie teuer zu stehen kommen, Mrs. Anson.«

»Und wie hoch wären die Beträge?« fragte Mrs. Anson.

Mason lachte. »Sie wollen den armen Mann wohl allen Ernstes ohrfeigen, Mrs. Anson?«

»Allen Ernstes.«

»Ich würde Ihnen davon abraten – zumindest, bis wir wissen, was hier eigentlich gespielt wird. Wenn er Ihnen tatsächlich gefolgt ist, wird ein Gericht Ihnen vielleicht zugestehen...«

»Es ist keine Einbildung, Mr. Mason.«

Mason sah auf seine Uhr. »Paul Drake, der Eigentümer der

Privatdetektei Drake, hat seine Büros hier im Haus«, bemerkte er. »Ich würde vorschlagen, daß Sie ihn aufsuchen und ihn veranlassen, einen seiner Leute auf den Mann anzusetzen, der Sie so hartnäckig verfolgt. Zunächst müssen wir einmal feststellen, was Ihr Verfolger eigentlich bezweckt; ob er vielleicht nicht ganz normal ist oder auf diese Art und Weise versucht, mit Ihnen Bekanntschaft zu machen, oder ob er ein Privatdetektiv ist, der von einer dritten Person beauftragt wurde, Sie zu beschatten. Wenn das letztere zutrifft, wollen wir feststellen, wer der Auftraggeber ist. Können Sie sich denken, warum jemand Ihnen einen Detektiv auf die Fersen setzen sollte?«

»Keine Ahnung.«

»Sie sind Witwe? Wie leben Sie? Zurückgezogen? Haben Sie einen Freundeskreis? Haben Sie...«

»Ja, ich bin Witwe«, erwiderte sie. »Mein Mann ist seit einem Jahr tot. Ich versuche ein selbständiges Leben zu führen und niemandem zur Last zu fallen. Ich gehe gern und häufig ins Theater. Hin und wieder sitze ich auch gern vor dem Fernseher und seh' mir einen guten alten Film an. Abends gehe ich manchmal in die Bibliothek und lese.«

»Fahren Sie Auto?«

»Ich habe keinen Wagen. Wenn ich in der Stadt etwas zu erledigen habe, nehme ich mir ein Taxi, und wenn ich aufs Land will, miete ich mir einen Wagen mit Chauffeur.«

»Immer von derselben Verleihagentur?«

»Ja.«

»Und Sie glauben, daß Sie auch auf Ihren Fahrten aufs Land verfolgt wurden?«

»Ich bin sicher.«

»Von demselben Mann?«

»Ich glaube, ja.«

»Ist er Ihnen auch hierher gefolgt?«

»Wahrscheinlich nicht. Jedenfalls habe ich ihn nicht bemerkt. Vielleicht habe ich ihn heute morgen doch verscheucht. Ich habe den Eindruck, daß er nicht gerade erpicht darauf ist, zum Mittelpunkt eines öffentlichen Auftritts zu werden.«

Mason lächelte. »Der Mann müßte schon aus besonderem Holz geschnitzt sein, wenn er es darauf anlegen würde, von einer Frau in aller Öffentlichkeit geohrfeigt zu werden.«

»Aber genau das wird ihm passieren, wenn er mich nicht in Ruhe läßt. Sie sind ein vielbeschäftigter Mann, Mr. Mason. Ihre Zeit ist kostbar. Sie meinen also, ich soll einen Privatdetektiv engagieren. Wieviel wird das etwa kosten?«

»An die fünfzig Dollar pro Tag. Können Sie sich das leisten?«

»Ja.«

»Soll ich Sie mit Paul Drake bekannt machen?«

»Könnte er hierher in Ihr Büro kommen?«

»Wenn er frei ist.«

»Das wäre mir lieb. Es wäre mir auch angenehm, wenn Sie bei der Besprechung dabeisein können. Und wieviel schulde ich Ihnen?«

»Ich schlage vor, Sie lassen mir einen Kostenvorschuß von einhundert Dollar hier«, antwortete Mason. »Wenn nichts Unvorhergesehenes geschieht, kommen keine weiteren Kosten hinzu. Ich werde Sie beraten und mit Paul Drake in Verbindung bleiben.«

»In Ordnung«, versetzte sie und klappte ihre Handtasche auf.

Mason warf Della Street einen raschen Blick zu und nickte. Della trat zum Telefon und wählte die Nummer der Detektei Drake.

»Paul Drake ist gleich hier«, bemerkte sie einen Moment später.

Mrs. Anson hatte ihr Scheckbuch und einen Füllfederhalter aus der Handtasche genommen und schrieb jetzt einen Scheck für Perry Mason aus. Sie reichte ihm das Blatt und sagte: »Fünfzig Dollar pro Tag für den Detektiv. Wie viele Tage werde ich ihn brauchen?«

»Wahrscheinlich nicht länger als zwei, drei Tage«, erwiderte Mason. »Aber besprechen Sie das lieber mit Paul Drake persönlich. Er muß gleich hier sein. Da ist er schon.«

Drakes Klopfzeichen erklang an der Tür. Della Street ließ den Privatdetektiv ein.

»Mrs. Anson«, stellte Perry Mason vor, »das ist Paul Drake. Er ist zuverlässig und tüchtig. Sie können ihm ebenso vertrauen wie Ihrem Arzt oder Ihrem Anwalt.«

»Freut mich, Sie kennenzulernen, Mr. Drake«, sagte sie.

Drake machte eine knappe Verbeugung und murmelte: »Es ist mir ein Vergnügen, Mrs. Anson.«

»Paul«, bemerkte Mason, »wir müssen uns beeilen. Ich hab' in ein paar Minuten einen Termin. Mrs. Anson hat uns berichtet, daß sie beschattet wird. Zum erstenmal hat sie es vor ungefähr einer Woche bemerkt. Wahrscheinlich wird sie jedoch schon seit längerer Zeit verfolgt. Heute morgen, im Speisesaal des Apartmenthotels, in dem sie wohnt, stellte sie ihren Verfolger und erklärte ihm, daß sie ihn vor aller Öffentlichkeit ohrfeigen würde, wenn er seine Spitzeleien nicht unverzüglich abbrechen würde.«

Drake grinste.

»Daraufhin«, fuhr Mason fort, »drohte er ihr an, sie zu verklagen, und riet ihr, erst einmal einen Anwalt aufzusuchen. Ich habe Mrs. Anson nun vorgeschlagen, einen Detektiv zu engagieren, um zunächst einmal festzustellen, was der Verfolger eigentlich im Sinn hat. Hast du einen guten Mann, dem du die Sache übergeben kannst, Paul?«

Drake nickte. »Okay. Wir beschatten den Schatten. Und dann?«

»Dann«, meinte Mason, »werden wir hoffentlich herausfinden, ob es sich um einen aufdringlichen Verehrer, einen Verrückten oder um einen Privatdetektiv handelt. Sollte der Mann Detektiv sein, müssen wir feststellen, wer der Auftraggeber ist.«

»Das wird nicht ganz so einfach«, meinte Drake.

»Wenn er kein Detektiv sein sollte«, fuhr Mason fort, »könnte dein Mann sich ja als Mrs. Ansons Bruder oder guter Freund ausgeben und den Verfolger mit ein paar energischen Worten in die Flucht schlagen. Damit wäre die Sache dann am einfachsten geregelt.«

Drake blickte Mrs. Anson an. »Können Sie mir den Verfolger beschreiben?« fragte er.

»Ich würde ihn sogar im Dunkeln erkennen. Er ist ein unscheinbarer Mensch, der...«

»Wie ist er gekleidet?«

»Unauffällig.«

»Wie groß?«

»Ungefähr eins sechs- oder achtundsiebzig.«

»Wie alt?«

»Zwischen dreißig und fünfunddreißig, würde ich sagen.«

»Gewicht?«

»Na, sagen wir so zwischen siebzig und fünfundsiebzig Kilo.«

»Was für Krawatten trägt er?«

»Immer dezente Farben. Genauso unauffällig wie seine Kleidung.«

»Das klingt mir sehr nach einem Detektiv«, stellte Drake fest. »Aber komisch ist das trotzdem.«

»Warum?«

»Ich hatte den Eindruck, als hätte Ihr Verfolger es darauf angelegt, von Ihnen bemerkt zu werden. Das ist eine besondere Taktik.«

»Wieso? Das verstehe ich nicht.«

Drake warf Mason einen Blick zu. »Erklär du das Mrs. Anson.«

»Es gibt zweierlei Arten der Verfolgung, Mrs. Anson«, erläuterte Mason. »Einmal die unauffällige Beschattung, die vom Laien kaum je bemerkt wird. Der Verfolger will von seinem Opfer nicht gesehen werden und tut sein Bestes, um nicht aufzufallen. Wenn er doch entdeckt wird, setzt er sich mit seiner Agentur in Verbindung, und man beauftragt einen anderen Detektiv. Die zweite Art der Beschattung bezweckt genau das Gegenteil. Der Verfolger legt es darauf an, gesehen zu werden.«

»Ja, aber wozu soll das gut sein?« rief Mrs. Anson verständnislos.

Mason lächelte. »Um Ihnen das zu erklären, muß ich ein bißchen ausholen. Also, passen Sie auf: Nehmen wir einmal an, Sie lernen jemanden kennen, der die gleichen Interessen hat wie Sie, den gleichen Geschmack, der auf Sie eingeht und Ihnen Verständnis entgegenbringt. Ihnen würde kaum der Gedanke kommen, daß jemand Sie und Ihre Gepflogenheiten genau studiert hat, um dann eine dritte Person auf Sie anzusetzen, die sich Ihr Vertrauen erschleicht. Sie schließen nun mit dieser Person Bekanntschaft und sehen einander einige Tage lang recht häufig. Und dann, wenn der rechte Moment gekommen ist, wird die Taktik der auffälligen Verfolgung eingesetzt. Ihr Verfolger bleibt Ihnen ständig auf den Fersen und tut das so auffällig, daß Sie ihn bemerken müssen. Und nun werden Sie unruhig und vertrauen sich Ihrem neuen Freund an. ›Ich werde jetzt schon seit zwei oder drei Tagen ständig verfolgt‹, erzählen Sie Ihrem neuen Bekannten.«

»Und dann?« fragte Selma Anson, noch immer verwirrt.

»Dann geschieht ein, zwei Tage gar nichts«, fuhr Mason fort. »Doch nach dieser Pause taucht Ihr Verfolger wieder auf, und Ihr neuer Freund macht Sie darauf aufmerksam. ›Da ist der Mann wieder‹, wird er sagen. ›Lieber Himmel‹, werden Sie entgegnen,

›ich weiß gar nicht, weshalb mich jemand beschatten will.‹ Und Ihr neuer Freund wird ein nachdenkliches Gesicht machen und schließlich zögernd sagen: ›Es kann sein, daß der Verfolger mich meint.‹ – ›Ja, aber warum denn?‹ fragen Sie erstaunt. Und nun kommt der Clou. Nehmen wir an, Sie stehen unter dem Verdacht, die Katzen Ihrer Nachbarschaft vergiftet zu haben...«

»Katzen!« rief Selma Anson.

»Ganz recht«, bestätigte Mason. »Ihr neuer Freund wird also sagen: ›Vielleicht verfolgt der Mann mich. Stellen Sie sich vor, in der Gegend, wo ich wohne, gibt es doch tatsächlich Leute, die mich verdächtigen, die Katzen meiner Nachbarn zu vergiften. Es stimmt ja, ich hasse Katzen, und ich mache auch keinen Hehl daraus. Irgend jemand in der Nachbarschaft hat in den letzten Wochen mehrere Katzen vergiftet, und ich glaube, die Leute verdächtigen mich. Vielleicht hat man mir den Mann auf die Fersen gehetzt, um mich zu überführen. In der letzten Woche wurde nämlich eine sehr wertvolle Katze vergiftet, und der Eigentümer besaß die Stirn, mich zu bedrohen und mich vor versammeltem Publikum zu beschuldigen.‹«

Selma Anson blickte ihn gespannt an.

»Daraufhin«, fuhr Mason fort, »werden Sie zu Ihrem neuen Bekannten wahrscheinlich sagen: ›Und – haben Sie die Katzen denn vergiftet?‹ Der gute Freund wird erwidern: ›Schön, ich will Ihnen die Wahrheit sagen. Ich würde es keinem anderen Menschen verraten – aber ich habe die Katzen wirklich vergiftet. Ich hasse diese Tiere. Sie zerstören alles. Dauernd streichen sie ums Haus herum und lauern den Vögeln auf, die ich gezähmt habe. Ich habe ein Vogelhäuschen vorm Fenster, wissen Sie, und da tauchen die kleinen Kerle jeden Morgen pünktlich auf, um sich ihr Futter zu holen. Es ist ein Vergnügen, die Tiere zu beobachten. Aber seit die Katzen das spitzgekriegt haben, ist kein Vogel mehr vor ihnen sicher. Ich finde, die Leute sollten sich um ihre Tiere kümmern und sie nicht frei herumlaufen lassen. Ich habe den Nachbarn erklärt, daß ich ein Vogelhäuschen im Garten habe, ich habe sie immer wieder gebeten, ihre Katzen nicht aus dem Haus zu lassen. Als darauf nichts erfolgte, kaufte ich etwas Gift, mischte es unter Hackfleisch und streute es im Garten aus. Mir soll es recht sein, wenn diese Raubtiere, die es auf meine kleinen Freunde abgesehen haben, jämmerlich eingehen.‹«

»Und dann?« fragte Selma Anson mit gespannter Aufmerksamkeit.

»Dann«, versetzte Mason, »werden Sie sagen: ›Ach, wir scheinen uns tatsächlich sehr ähnlich zu sein. Ich habe nämlich auch eine Vorliebe für Vögel. Ich habe auch ein Vogelhäuschen vor dem Haus. Und mir geht es genau wie Ihnen – die Katzenplage nimmt einfach überhand. Ich bin zwar nicht ganz so radikal vorgegangen wie Sie, aber ich muß gestehen, daß ich in meiner Not auch zum Gift gegriffen habe. Ich habe eine Katze, die dauernd vor meinem Haus lauerte, umgebracht. Ein schreckliches Tier.‹ Und dann wird Ihr Freund fragen: ›Hatten Sie Schwierigkeiten, als Sie sich das Gift beschaffen wollten?‹ Und Sie werden ihm nun vertrauensvoll in aller Einzelheit erklären, wie Sie sich das Gift beschafft haben, wo Sie es kauften, welche Menge Sie ausstreuten und so weiter und so fort. Ihr verständnisvoller Freund aber ist in Wirklichkeit ein gerissener Privatdetektiv, der wahrscheinlich ein verborgenes Tonbandgerät bei sich hat. Und somit sind Sie des Katzenmordes überführt. Dieses Verfahren ist natürlich teuer, doch manche Leute lassen es sich gern etwas kosten, wenn sie auf diese Weise unwiderlegbare Beweise erhalten.«

»Jetzt verstehe ich«, bemerkte Selma Anson tonlos.

»Haben Sie in letzter Zeit eine neue Bekanntschaft gemacht?« erkundigte sich Mason.

Selma Anson dachte einen Moment nach. Dann sagte sie: »Ja, so könnte man es nennen.«

»Erzählen Sie«, forderte Mason sie auf.

»Ich wollte neulich einen Vortrag über Mexiko und die Kultur der Mayas besuchen«, berichtete Mrs. Anson. »Um nicht ganz unvorbereitet zu sein, ging ich in die Bibliothek und suchte mir ein paar Bücher über die Mayas heraus. Kurz darauf kam eine Frau herein, die sich mir gegenübersetzte. Ich bemerkte, daß sie ebenfalls in einem Buch über die Mayas las. Sie blickte auf und lächelte, ich lächelte ebenfalls, und schon kamen wir ins Gespräch. Es stellte sich heraus, daß sie genau wie ich zu dem Vortrag wollte und hergekommen war, um sich ein wenig vorzubereiten.«

»Wie hieß sie?« wollte Mason wissen.

»Dorothy Gregg.«

»Wie alt?«

»Ungefähr in meinem Alter.«

»Verheiratet oder ledig?«

»Witwe.«

»Haben Sie sich mit ihr verabredet?«

»Wir tranken nach dem Vortrag eine Tasse Kaffee zusammen, und ich habe sie für heute abend zu mir nach Hause eingeladen.«

»Zum Abendessen?«

»Nein, nur zu einem Cocktail. Zum Abendessen habe ich eine Verabredung.«

Mason hob fragend die Brauen.

Selma Anson wechselte unvermittelt das Thema. »Also, Mr. Drake, ich sehe, daß Sie alle sehr beschäftigt sind. Mr. Mason hat in wenigen Minuten einen Termin. Wann fangen wir an, und was für einen Vorschuß soll ich Ihnen geben?«

»Ich schlage vor, Sie geben mir einen Scheck über hundertfünfzig Dollar«, erwiderte Drake. »Der Tag kostet fünfzig Dollar zuzüglich Spesen. Mein Detektiv wird Ihnen folgen, sobald Sie das Gebäude hier verlassen. Wenn der Mann auftaucht, der Sie bisher beschattet hat, dann holen Sie Ihr Taschentuch heraus und wischen sich das rechte Auge, so als wäre Ihnen etwas hineingeflogen. Dann stecken Sie Ihr Taschentuch wieder ein und sehen dem Mann einen Moment direkt ins Gesicht. Danach gehen Sie weiter.«

»Und dann?«

»Weiter nichts«, antwortete Drake.

Selma Anson stand auf. »Es war wirklich entgegenkommend von Ihnen, Mr. Mason, mich so ohne Anmeldung zu empfangen. Ich bin Ihnen außerordentlich dankbar. Und jetzt gehe ich wohl am besten mit in Ihr Büro, Mr. Drake, damit Ihr Detektiv mich kennenlernt...«

»Ganz im Gegenteil«, unterbrach Drake. »Ich halte es für besser, wenn Sie nicht wissen, wer von meinen Leuten Ihnen folgt.«

»Aber ich werde es doch sowieso merken, wenn er sich plötzlich an meine Fersen heftet.«

»Da täuschen Sie sich«, widersprach Drake. »Außerdem wird er sich ja nicht an Ihre Fersen heften, sondern an die Ihres Verfolgers.«

»Und was habe ich zu tun?« fragte sie.

»Einen Augenblick«, sagte Drake. Er nahm den Hörer von Masons Telefon und wählte eine Nummer. »Hier Paul Drake«, meldete er sich. »Zweiunddreißig, sechsundachtzig, einundneunzig, sofort.« Dann legte er auf.

»Huh, das klingt aber geheimnisvoll«, bemerkte Selma Anson.

Drake lachte. »Hokuspokus gehört zum Geschäft. Kommen Sie, Mrs. Anson, ich fahre mit Ihnen hinunter.«

Sie lächelte. »Damit Ihr Detektiv mich nicht verfehlt?«

Drake schüttelte den Kopf.

»Na, hören Sie«, meinte sie, »er fährt doch bestimmt mit uns zusammen im Aufzug.«

»*Ich* fahre mit Ihnen hinunter«, versetzte Drake, »und werde mir am Tabakstand im Foyer eine Zigarre kaufen.«

»Aha«, sagte sie.

Drake stand auf und hielt ihr die Tür. »Gehen wir?«

3

Zweieinhalb Tage verstrichen, ehe Perry Mason mehr über den Fall erfuhr. Paul Drake erstattete dann Bericht.

»Ich nehme an, du wirst Näheres über den mysteriösen Verfolger von Mrs. Anson wissen wollen«, meinte er, nachdem er sich in einem der tiefen Ledersessel niedergelassen hatte.

»Ja?« fragte Mason.

»Die Sache ist soweit erledigt.«

»Willst du nicht erst deiner Auftraggeberin berichten, Paul, und sie dann zu mir schicken?«

»Ich habe sie bereits informiert, Perry. Sie bat mich, dir mitzuteilen, was unsere Nachforschungen ergeben haben. Perry, ich habe das Gefühl, deine Mandantin ist nicht ganz offen mit uns.«

»Das trifft auf neunzig Prozent der Mandantschaft jedes Anwalts zu«, versetzte Mason. »Ich möchte wissen, ob die Leute ihren Ärzten gegenüber auch sowenig mitteilsam sind. Da kommen sie zu einem Fachmann, um sich helfen zu lassen, und sind nicht einmal bereit, ihm reinen Wein einzuschenken. Aber erzähl mir mehr über Selma Anson. Wurde sie tatsächlich verfolgt?«

»O ja, Einbildung war es nicht.«

»Aber es dürfte sich doch kaum um einen routinierten Privatdetektiv gehandelt haben.«

»Stimmt.«

»Was war es dann?«

»Ein blutiger Dilettant.«

»Dein Mann hat ihn also entdeckt?«

»Ja, aber es dauerte ein Weilchen«, erklärte Paul Drake. »Deine Mrs. Anson hatte ihm mit ihrer Drohung anscheinend einen ganz netten Schrecken eingejagt. Der gute Mann wahrte plötzlich Distanz. Unser Detektiv brauchte einen halben Tag, ehe er ihm endlich auf die Spur kam.«

»Und dann?«

»Dann verfolgten wir wie verabredet den Verfolger«, erwiderte Drake. »Als wir ihn erst einmal entdeckt hatten, bereitete das keine besonderen Schwierigkeiten. Er heißt Ralph Bell Baird, und anstatt einen Wagen zu mieten, benutzte er anständigerweise seinen eigenen. Unser Detektiv schrieb sich natürlich die Zulassungsnummer auf und rief uns an. Wir stellten an Hand der Nummer sofort fest, mit wem wir es zu tun hatten, und das war von Nutzen, wie du dir vorstellen kannst. Unser Detektiv brauchte ihn danach nicht einmal ständig im Auge zu behalten. Er verfolgte ihn lediglich, wenn Selma Anson beschattet wurde. Baird kam offensichtlich überhaupt nicht der Gedanke, daß ihn jemand mit seinen eigenen Waffen schlagen könnte. Es war auch nicht allzu schwierig festzustellen, wer Bairds Auftraggeber ist. Es handelt sich um einen Mann namens George Foster Findlay. Er wohnt 1035 Montrose Heights. Das ist ein Mietshaus. Baird fährt jeden Abend dort vorbei und erstattet Findlay Bericht.«

»Und wer ist dieser Findlay?« wollte Mason wissen.

»Das ist eine gute Frage«, meinte Drake. »Paß auf: Nachdem ich also diese Einzelheiten erfahren hatte, berichtete ich Mrs. Anson. Als ich ihr erzählte, daß Baird für Findlay tätig ist, war plötzlich nicht mehr mit ihr zu reden. Ich berichtete ihr also, was wir über Baird ausfindig gemacht hatten. Er ist bei einem Immobilienmakler angestellt, bekommt kein Gehalt, sondern nur seine Provision, und kann es sich deshalb leisten zu arbeiten, wann er dazu Lust hat. Er ist nicht an feste Zeiten gebunden. Aus diesem Grund hat Findlay ihn offensichtlich engagiert. Findlay ist achtundzwanzig Jahre alt, bei einem Gebrauchtwagenhändler angestellt, unverheiratet, lebenslustig und nicht gerade sparsam. Ich würde sagen, er gibt sein Geld schneller aus, als er's verdienen kann. Ich bin noch nicht dazugekommen festzustellen, welche private Beziehung zwischen Baird und Findlay besteht. Vielleicht hat Findlay Baird einen Wagen verkauft, oder umgekehrt, vielleicht hat Baird Findlay ein Grundstück angedreht. Jedenfalls steht fest, daß die beiden näher miteinander bekannt, wenn nicht sogar befreundet sind. Und diese Bekanntschaft rührt wahrscheinlich von einem gemeinsamen Geschäft her. Jedenfalls – als ich Selma Anson berichtete, daß Baird im Auftrag von Findlay arbeitet und allabendlich getreu zum Rapport antritt, wurde sie plötzlich völlig unnahbar. Perry, ich habe den Eindruck, deine Mandantin hat Angst. Ich erklärte ihr, daß wir selbstverständlich nähere Einzelheiten über George Findlay ausfindig machen könnten, wenn ihr daran liege, daß das jedoch zusätzliche Kosten verursachen würde und ich nicht einsähe, warum sie noch mehr Geld ausgeben sollte, es sei denn, es läge ein triftiger Grund vor. Sie bedankte sich bei mir und bat mich um die Rechnung. Mehr bezwecke sie gar nicht, erklärte sie. Daraufhin meinte ich noch, daß unser Detektiv den Mann, der sie bisher verfolgt hat, so einschüchtern könnte, daß er es in Zukunft aufgeben würde. Doch sie ging nicht darauf ein. Sie erklärte, sie wüßte jetzt, was gespielt wird, und könnte selbst mit der Angelegenheit fertig werden.«

»Mit anderen Worten, sie kennt George Findlay?«

»Sie gestand es nicht ein, aber ich hatte den Eindruck.«

»Hm«, brummte Mason nachdenklich. »Ich will ihr nicht gern eine Rechnung stellen, ohne ihr behilflich gewesen zu sein. Vielleicht sollte man ihr einen Teil des Vorschusses zurückzahlen. Haben Sie ihre Adresse, Della?«

Della Street nickte.

»Rufen Sie sie an«, meinte Mason, »und sagen Sie ihr, daß Paul Drake uns berichtet hat. Erklären Sie ihr, daß wir unter den gegebenen Umständen bereit sind, fünfundsechzig Dollar zurückzuerstatten.« Damit wandte Mason sich wieder Paul Drake zu. »Wenn sie von mir Geld zurückbekommt, fällt es ihr vielleicht doch noch ein, dich auf Findlay anzusetzen.«

Paul Drake schüttelte den Kopf. »Meiner Ansicht nach kennt sie Findlay. Ich glaube, sie weiß jetzt, worum es geht, Perry.«

»Du meinst, warum sie beschattet wurde?«

»Ja. Und sie hat Angst.«

»Sie ist eine ruhige, alleinstehende Frau, die zurückgezogen lebt. Aus welchem Grund sollte jemand sie verfolgen lassen?«

»Das eben ist die Frage«, versetzte Drake. »Ich verstehe es auch nicht. Aber vielleicht ist Findlay gar nicht an ihr persönlich interessiert, sondern an jemandem, mit dem sie hin und wieder zusammenkommt.«

»Sie hat keinerlei Andeutungen gemacht?«

»Nicht die Spur. Sobald ich Findlay erwähnte, wurde sie mucksmäuschenstill. Sie bat mich um die Rechnung, ich stellte sie aus, und damit war der Fall erledigt.«

»Schön«, meinte Mason, »wir werden sie jetzt anrufen und ihr erklären, daß wir ihr einen Teil des Vorschusses zurückerstatten. Vielleicht geht sie ein bißchen mehr aus sich heraus, wenn ich mit ihr spreche.«

»Das bezweifle ich«, entgegnete Drake. Er streckte sich und gähnte herzhaft. Dann stand er auf. »Okay, zurück in die Tretmühle, Perry. Ich würde die Kostenrückerstattung nicht übereilen. Meiner Ansicht nach wird Mrs. Anson nämlich früher oder später wieder hier auftauchen.«

Della Street nickte dem Detektiv lächelnd zu. »Wiedersehen, Paul. Gute Arbeit.«

»Danke für die Blumen«, versetzte Drake und eilte hinaus.

Mason nickte Della Street zu. Die Sekretärin ging zum Telefon, aber gerade als sie wählen wollte, klingelte der Apparat. Sie nahm den Hörer ab. »Ja, Gertie?« sagte sie einen Moment später. Dann hob sie vielsagend die Brauen und verzog das Gesicht in übertriebener Überraschung, um Perry Mason auf das vorzubereiten, was kommen würde.

Sie legte die Hand über die Sprechmuschel. »Raten Sie mal, wer da ist«, sagte sie zu Mason.

»Doch nicht Selma Anson?«

»Doch, genau.«

»Fragen Sie Gertie, ob sie einen erregten Eindruck macht. Paul Drake meinte, sie hätte Angst. Ich kann mir nicht vorstellen, daß diese Frau Furcht kennt. Ich glaube, Paul hat sich getäuscht.«

Della Street nahm die Hand von der Muschel. »Was für einen Eindruck macht sie Ihnen, Gertie? Ist sie – aha – ja, sie behauptet immer, es wäre sehr dringend. Machen Sie sie nachdrücklich darauf aufmerksam, daß es sehr schwierig ist, von Mr. Mason ohne Anmeldung empfangen zu werden... Aha – ein Notfall, hm? Schön, ich werde sehen, was ich tun kann, Gertie.«

Della Street wandte sich nach Mason um. »Sie ist offenbar sehr erregt. Es ist wieder einmal Dringlichkeitsstufe eins.«

»Das habe ich Ihrer Unterhaltung mit Gertie schon entnommen. Wie sieht mein Kalender aus, Della? Um diese Zeit ist doch Smythe bei mir angemeldet, oder?«

»Er hat bereits fünf Minuten Verspätung.«

»Gut«, meinte Mason, »dann führen Sie Mrs. Anson herein. Smythe muß dann eben ein bißchen warten. Hoffen wir, daß die Sache wirklich dringend ist. Sonst müssen wir der guten Dame endlich angewöhnen, sich an die Gepflogenheiten zu halten und sich anzumelden.«

Della Street eilte ins Vorzimmer und kehrte gleich darauf mit Mrs. Anson zurück.

»Meine Zeit ist sehr beschränkt, Mrs. Anson«, begann Mason. »Ich habe eine Verabredung mit einem Mandanten, der sich etwas verspätet hat. Ich bin gern bereit, mich mit Ihnen zu unterhalten, doch ich muß Sie bitten, sich kurz zu fassen. Können Sie gleich zum Kern der Sache kommen?«

Sie nickte, setzte sich in einen Sessel, holte tief Atem und blickte Mason offen ins Gesicht.

»Paul Drake hat den Namen des Mannes festgestellt, der mich verfolgt hat«, erklärte sie.

»Das weiß ich«, erwiderte Mason. »Paul Drake hat mir bereits berichtet.«

»Gut«, sagte sie. »Ralph Baird, der Mann, der mich verfolgte, ist ein Freund von George Findlay.«

»Und der Name Findlay ist Ihnen offensichtlich nicht unbekannt«, warf Mason ein. »Drake erzählte mir, daß Sie plötzlich sehr reserviert wurden, als Sie hörten, daß Findlay in die Sache verwickelt ist.«

»Ich möchte Ihnen das erklären, Mr. Mason«, sagte sie. »Ich weiß, daß Sie beschäftigt sind und daß es eine Zumutung ist, Sie unangemeldet zu stören. Aber ich verspreche Ihnen, mich kurz zu fassen.«

Das Läuten des Telefons unterbrach sie. Della Street nahm den Hörer ab. »Mr. Smythe ist im Vorzimmer«, meldete sie Mason.

»Sagen Sie Gertie, sie möchte ihm erklären, daß ich mit einer außerordentlich dringenden Angelegenheit beschäftigt bin und ihn zu meinem Bedauern bitten muß, sich einige Minuten zu gedulden.«

Della Street gab die Instruktionen weiter, während sich Mason wieder Selma Anson zuwandte.

»Es ist wirklich die verrückteste Geschichte, die mir je untergekommen ist«, sagte sie. »Ich bin Witwe, aber ich glaube, ich habe mich verliebt. Er heißt Delane Arlington – ein wunderbarer Mensch. Er ist auch Witwer, hat keine Kinder. Seine einzigen Angehörigen sind seine Neffen und Nichten, die Kinder seiner beiden Brüder, Douglas und Oliver Arlington.«

»Die beiden Brüder leben nicht mehr?« fragte Mason.

Sie nickte. »Beide Brüder sind tot, auch ihre Frauen. Delane selbst ist seit ungefähr sieben Jahren Witwer. Seine Nichten und Neffen sind zum Teil sehr, zum Teil weniger nett. Und nun tauchte ich plötzlich auf, und zum erstenmal seit sieben Jahren begann Delane sich für eine Frau zu interessieren. Eine der Nichten findet das wunderbar und sehr romantisch. Sie ist eine reizende kleine Person. Doch die andere Nichte hält mich offenbar für ein geldgieriges Frauenzimmer und meint, ihr Onkel brauche Schutz vor mir. Mildred würde für einen Menschen, den sie mag, wahrscheinlich durchs Feuer gehen, aber ihre Haltung mir gegenüber ist ausgesprochen feindselig. Das kommt daher, weil sie glaubt, ihren Onkel retten zu müssen.«

»Und?« fragte Mason.

»Und«, fuhr Mrs. Anson fort, »sie ist mit George Findlay befreundet. George Findlay ist sich ihrer offenbar sehr sicher und macht bereits Heiratspläne. Nach allem, was ich über ihn gehört habe, fürchte ich, daß er ein Mitgiftjäger ist.«

»Aha«, meinte Mason abwartend.

»Trotzdem sieht es jetzt so aus«, fuhr Mrs. Anson fort, »als wollte George Findlay seine Position Mildred gegenüber dadurch stärken, daß er mich in ein schlechtes Licht setzt. Er möchte offenbar unbedingt etwas Nachteiliges über mich erfahren, um Mildred noch mehr gegen mich aufzubringen. Und es wäre ihm bestimmt eine Wonne, wenn er etwas entdecken würde, womit er Delane überzeugen könnte, daß ich es nur auf sein Geld abgesehen habe.«

»Trifft das zu?« fragte Mason.

»Nein.«

»Sind Sie reich?«

»Ich habe genug Geld, um ein sorgenfreies Leben zu führen.«

»Und Delane Arlington?«

»Er ist schwerreich.«

»Vielleicht läßt sich mit den Nichten und Neffen ein finanzielles Arrangement treffen, das alle befriedigt.«

»Sie wollen aber sein ganzes Vermögen haben.«

»Sie sagten doch, eine der Nichten wäre Ihnen weniger feindlich gesinnt.«

»Das ist Daphne. Sie erklärt, Delane hätte sich sein Geld mit seiner Hände Arbeit verdient und hätte das Recht, damit zu tun, was er wolle. Und wenn er die Absicht hätte, wieder zu heiraten, so könnte ihm das gewiß keiner verübeln; es würde seinem Leben nur einen neuen Sinn geben.«

»Sie kennen Daphne?«

»Ja, sie besuchte mich eines Tages und erklärte mir ganz unverblümt, daß sie gekommen wäre, um sich ein Bild von mir zu machen.«

»Ziemlich abrupt, finden Sie nicht?« meinte Mason.

»Typisch Daphne. Sie ist ein grundehrlicher Mensch, der nichts davon hält, lange um den heißen Brei herumzuschleichen.«

»Und die andere?«

»Die andere ist eben Mildred, die Tochter des zweiten Bruders. Sie ist das genaue Gegenteil von Daphne: undiszipliniert, egoistisch und skrupellos. Und jetzt, Mr. Mason, will ich Sie nicht länger aufhalten. Ich überlasse alles Weitere Ihnen.«

»Was soll das heißen?«

»Sie sollen meine Interessen wahrnehmen.«

»Und wie würden Sie Ihre Interessen definieren?« erkundigte sich Mason, die Augen leicht zusammengekniffen.

»Mein Glück«, erwiderte sie einfach.

»Finden Sie nicht, daß das allein von Ihnen selbst und Delane Arlington abhängt?« entgegnete Mason. »Das ist kein Auftrag für einen Anwalt.«

»Ich habe jetzt nicht die Zeit, alles zu erklären«, versetzte sie. »Ihre Zeit ist beschränkt, aber gewisse Umstände – gewisse Umstände...«

»Heraus mit der Sprache«, verlangte Mason.

Sie holte tief Atem. »George Findlay«, sagte sie, »behauptete Mildred gegenüber, ich hätte es allein auf Delanes Geld abgesehen.«

»Weiter«, drängte Mason, »das haben Sie mir schon vorhin erzählt.«

»Er behauptet, ich hätte meinen Mann umgebracht«, sprudelte sie hervor. »Wegen der Versicherung.«

»Oho!« meinte Mason.

Sie starrte ihn stumm an.

»Und *haben* Sie Ihren Mann getötet?«

»Natürlich nicht.«

»Woran starb er?«

»An einer Lebensmittelvergiftung.«

Mason runzelte die Stirn.

»Das ist es ja gerade«, sagte sie. »George Findlay hatte tatsächlich die Stirn, das bei den zuständigen Behörden zu recherchieren. Er ist ein gräßlicher Mensch.«

»Kennen Sie ihn gut?« erkundigte sich Mason.

»Nein, nur flüchtig. Ich habe mich verschiedentlich mit ihm unterhalten. Insgesamt habe ich vielleicht zwanzig Minuten mit dem Mann verbracht. Er hat die Mentalität eines Heckenschützen. Sie müssen meine Interessen für mich wahrnehmen, Mr. Mason. Ich scheue keine Kosten. Veranlassen Sie, was Sie für richtig halten. Ich möchte aber, daß nur eine Person die Sache verantwortlich übernimmt. Deshalb habe ich Mr. Drake von alldem nichts erzählt. Ich habe bereits einen Scheck über eintausend Dollar ausgeschrieben, Mr. Mason. Hier ist er. Ich will Sie jetzt nicht länger aufhalten. Aber ich verspreche Ihnen, daß ich mich das nächste Mal telefonisch anmelde. Heute war ich einfach zu erregt. Ich mußte Sie eben sprechen.«

»Augenblick«, meinte Mason. »Es wird Mr. Smythe kein Stein aus der Krone fallen, wenn er noch ein paar Minuten wartet.«

Sie schüttelte entschieden den Kopf. »Die Geschichte ist zu verwickelt, Mr. Mason. Ich wollte nur die Gewißheit haben, daß Sie meine Interessen vertreten.«

»Ich brauche aber einige Daten«, versetzte Mason. »Zum Beispiel die Adresse von Delane Arlington...«

»Sie wollen ihn doch nicht etwa sprechen?«

»Nein, nein«, beschwichtigte Mason. »Aber ich will mir von den Beteiligten selbst ein Bild machen. Ich möchte auch die Adressen der Neffen und Nichten. Meine Vorzimmerdame, Gertie, wird sich alles aufschreiben. Sie können ja durchs Vorzimmer hinausgehen.« Damit wandte sich Mason an Della Street. »Okay, Della, führen Sie Mr. Smythe herein.«

4

»Mr. Arlington ist im Vorzimmer«, meldete Della Street. »Von einer jungen Dame begleitet. Ihren Namen gab er uns nicht an. Er erklärt, er müsse Sie dringend sprechen.«

»Arlington – Arlington«, brummte Mason. »Der Name klingt bekannt.«

»Selma Ansons Verehrer heißt doch Arlington«, meinte Della. »Vielleicht ist er es.«

»Ach du lieber Schreck!« rief Mason. »Natürlich ist er das. Wenn wir nicht aufpassen, wird aus unserer Anwaltspraxis noch ein Heiratsbüro. Hm, das kompliziert die Sache erheblich.«

»Was kann er denn wollen?« meinte Della Street. »Er behauptet, sein Anliegen sei so vertraulicher Natur, daß er nur mit Ihnen persönlich sprechen könne.«

»Das ist ja das Problem, Della«, sagte Mason. »Wenn ich Selma Anson vertrete, kann ich nicht gut Arlington zur gleichen Zeit vertreten. Da müßte ich auf jeden Fall erst Mrs. Ansons Stellungnahme einholen. Und gerade das wird er nicht wollen. Andererseits kann ich ihm nicht sagen, daß Selma Anson meine Mandantin ist – wenn er es nicht schon weiß. Ich hatte den Eindruck, daß Selma Anson diese Angelegenheit streng vertraulich behandelt wissen wollte.«

»Und im Hintergrund«, warf Della Street ein, »lauert Mildreds Freund Findlay, der behauptet, Selma Anson hätte ihren Mann umgebracht, um die Versicherung einzustreichen.«

»Jetzt führen Sie Mr. Arlington erst einmal herein – oder nein, lassen Sie Gertie erst nach seiner Anschrift fragen, damit wir wissen, ob er wirklich Delane Arlington ist.«

Della Street nahm den Telefonhörer ab und sagte: »Gertie, lassen Sie sich Mr. Arlingtons Adresse geben. Erklären Sie ihm, daß Mr. Mason sehr beschäftigt ist, daß er aber versuchen wird, sich für einige Minuten freizumachen... Oh, Sie haben sie schon? ... Aha... Gut, bitten Sie ihn, ein paar Minuten zu warten.«

Della Street legte auf und nickte Mason zu. »Selma Anson gab Gertie Delane Arlingtons Anschrift, und Gertie ließ sich die Adresse des Mr. Arlington geben, der eben hier auftauchte. Die Adressen sind identisch.«

»Gut«, meinte Mason, »führen Sie ihn herein, Della.«

Della Street verschwand im Vorzimmer und kehrte wenige Minuten später mit einem Mann von etwa fünfundfünfzig Jahren zurück. Er hielt sich kerzengerade, besaß eine schlanke, elastische Figur und hatte dunkles Haar, das mit Grau gesprenkelt war.

Die junge Frau, die ihn begleitete, war ungefähr fünfundzwanzig Jahre alt, eine Blondine mit großen blauen Augen, die der Lüge nicht fähig zu sein schienen.

Arlington trat auf Mason zu und streckte die Hand aus. »Ich danke Ihnen für Ihr Entgegenkommen, Mr. Mason«, sagte er. »Mein Name ist Arlington, Delane Arlington. Das ist meine Nichte Daphne. Ich darf Sie bitten, dieses Gespräch streng vertraulich zu behandeln und...«

Mason hob abwehrend die Hand. »Augenblick!« rief er. »Zunächst müssen einige Formalitäten besprochen werden.«

Daphne Arlington nickte Mason zu und sagte lächelnd: »Onkel Dee ist ein impulsiver Mensch, Mr. Mason.«

»Wenn ich etwas zu erledigen habe, will ich es möglichst rasch hinter mich bringen«, erklärte Arlington. »Was sind das für Formalitäten?«

»Ein erfolgreicher Anwalt«, begann Mason, »kann beim besten Willen nicht alle Fälle bearbeiten, die man ihm übertragen will. Aus diesem Grund behält er sich verständlicherweise das Recht vor, eine Auswahl zu treffen. Er versucht, im voraus abzuschätzen, wieviel Zeit ein bestimmter Fall in Anspruch nehmen wird, und trifft dann seine Entscheidung. Ferner dürfen Sie nicht vergessen, daß noch andere Gesichtspunkte beachtet werden müssen, wenn Sie sich an einen bekannten Anwalt wenden. Ich vertrete beispielsweise mehrere Versicherungsgesellschaften. Ehe ich einen Fall übernehme, muß ich mich vergewissern, daß...«

»Hm, genau dieser Punkt könnte problematisch werden«, stellte Arlington fest. »Ich möchte mich mit Ihnen nämlich über eine Versicherungsgesellschaft unterhalten.«

»Welche Gesellschaft ist das?« erkundigte sich Mason.

»Die Allgemeine Unfall und Leben.«

Mason schwieg einen Moment nachdenklich. Dann sagte er: »Ein Anwalt muß sich natürlich das Anliegen des Hilfesuchenden erst einmal anhören, um feststellen zu können, ob eine Vertretung möglicherweise einen Interessenkonflikt heraufbeschwört. Allerdings kann dies zu einer peinlichen Situation führen, wenn sich herausstellt, daß tatsächlich ein Interessenkonflikt vorliegt. Deshalb würde ich vorschlagen, Mr. Arlington, daß Sie mir so allgemein wie möglich schildern, was Sie auf dem Herzen haben. Geben Sie mir keinerlei Informationen, die Sie mir nicht auch dann geben könnten, wenn ich die Allgemeine Unfall und Leben vertreten würde.«

»Vertreten Sie die Gesellschaft denn?« wollte Arlington wissen. In der Frage lag Angriffslust.

Mason lächelte. »Ich bin nicht der Hausanwalt des Unternehmens, aber ich habe, wenn ich nicht irre, einige leitende Angestellte in Privatangelegenheiten vertreten. Doch berichten Sie mir jetzt in groben Zügen, worum es geht, Mr. Arlington, dann werden wir unsere Akten zu Rate ziehen und nachsehen, wie weit unsere Verpflichtungen gehen.«

Arlington schien wieder beschwichtigt. »Kennen Sie einen Mann namens Herman J. Bolton?« fragte er. »Er ist ein Angestellter der Allgemeinen Unfall und Leben.«

Mason runzelte die Stirn. »Ich glaube nicht«, meinte er, »aber nachher können wir auf jeden Fall nachsehen. Geben Sie mir jetzt erst einmal einen knappen Bericht, Mr. Arlington.«

»Ich habe vor, zu heiraten«, erklärte Arlington. »Und dieser Bolton, dieser verfluchte...«

»Reg dich nicht auf, Onkel Dee«, warf Daphne ein. »Das hat doch keinen Sinn. Denk dran, was der Doktor gesagt hat.«

Arlington holte tief Atem und setzte von neuem an. »Bill Anson war ein Freund von mir«, begann er. »Ein Grundstücksmakler. Er wollte mir ein Grundstück verkaufen, für das ich mich interessierte. Der Preis erschien mir sehr günstig. Ich bin schon seit Jahren allein und habe eigentlich nur für meine Familie gelebt.«

»Wer ist diese Familie?« warf Mason ein.

»Die Kinder meiner toten Brüder, Douglas und Oliver Arlington. Die größte Stütze war mir immer Daphne.«

»Wie viele Kinder?« fragte Mason.

»Vier«, antwortete Arlington. »Daphne, ihre Kusine Mildred, die Tochter Olivers; dann die beiden Söhne meines Bruders Douglas: Fowler Arlington, der mit einer reizenden Frau verheiratet ist; sie kümmert sich um mich, als wäre ich ihr Vater. Und Marvin, der ebenfalls verheiratet ist.«

»Schön«, stellte Mason fest. »Und nun zum Kern der Sache.«

»Eines Tages – es war mein Geburtstag – gaben Fowler und seine Frau Lolita mir zu Ehren ein Abendessen im Freien, in unserem Garten. Als Vorspeise gab es Krabbensalat, mein Lieblingsgericht. Nun, am selben Tag wollte mich Bill Anson wegen dieser Grundstückssache sprechen, über die wir schon verhandelt hatten. Es war mir ziemlich wichtig. Fowler schlug deshalb vor, ich sollte Bill und seine Frau doch zum Gartengrill einladen. Wir könnten dann das Geschäftliche in aller Ruhe nach dem Essen besprechen.«

»Bill Anson *und* seine Frau?« fragte Mason.

»Natürlich«, versetzte Arlington leicht gereizt. »Zu so einer privaten Party kann man nicht den Mann einladen und die Frau übergehen.«

»Und Sie kannten Mrs. Anson ebensogut wie ihren Mann?«

»Nein, ich kannte sie nur flüchtig«, erwiderte Arlington. »Doch Fowler kannte das Ehepaar recht gut. Sie waren befreundet.«

»Gut. Erzählen Sie weiter.«

»Nun, der Abend nahm ein sehr trauriges Ende«, fuhr Arlington fort. »Lolita hatte eine Riesenportion Krabbensalat gemacht. Doch wenn ich mich mit geschäftlichen Schwierigkeiten herumschlagen muß, vergeht mir der Appetit. Und an diesem Abend stellte sich heraus, daß dem Käufer des Grundstücks, für das ich mich interessierte, von der Baubehörde gewisse Auflagen gemacht wurden, die mir nicht paßten. Ich sagte Bill, daß mich das Grundstück unter diesen Umständen nicht interessierte. Bill war natürlich enttäuscht. Und er reagierte genau umgekehrt wie ich. Er aß eine ungeheure Menge Krabbensalat. Essen beruhige seine Nerven, erklärte er mir. Doch offenbar waren die Krabben nicht mehr ganz frisch. Wir wurden alle krank. Ich glaube nicht, daß es Lolitas Schuld war. Meiner Ansicht nach liegt die Schuld bei dem Geschäft, das Lolita die Krabben verkaufte. Doch dort behauptet man, Lolita oder Mildred hätten die Krabben nicht rechtzeitig in den Kühlschrank gestellt. Mildred und Lolita waren beide nachmittags beim Friseur. Es war ein warmer Tag, und ich vermute, daß sie vergaßen, den Salat in den Kühlschrank zu stellen, nachdem er zubereitet war. Ich weiß es nicht. Jedenfalls wurde uns allen übel. Und Bill, der wie gesagt eine große Menge verzehrt hatte, starb an der Vergiftung. Es kamen allerdings noch Komplikationen hinzu – ich glaube, er hatte ein Magengeschwür. Für

Fowler und Daphne mußten wir den Arzt holen, aber die beiden erholten sich rasch. Lolita und Mildred machten sich natürlich schreckliche Vorwürfe. Mildred ist mit einem Anwalt befreundet, der ihr riet, niemals zuzugeben, daß sie den Salat am Nachmittag nicht in den Kühlschrank gestellt hatte. So jedenfalls reime ich mir die Dinge zusammen. Sie hatten Angst vor einer Klage. Nach diesem unglücklichen Abend sah ich Selma Anson ziemlich häufig. Ich fühlte mich in gewisser Weise verantwortlich. Doch sie erklärte mir, daß Selbstvorwürfe Bill auch nicht wieder zum Leben erwecken könnten, und...«

»Moment«, unterbrach Mason. »Was führte denn dazu, daß Sie plötzlich so häufig mit Mrs. Anson zusammentrafen?«

»Unter den gegebenen Umständen«, erklärte Arlington, »fühlte ich mich gewissermaßen verpflichtet, das Grundstück doch zu kaufen, über das ich mit Bill verhandelt hatte. Die Provision, die ihm zugestanden hätte, war beträchtlich, und die Verhandlungen waren so weit fortgeschritten, daß ich den Kaufvertrag ohne weiteres unterschreiben konnte. Damit fiel die Provision natürlich Selma Anson zu. Ich dachte mir, daß Mrs. Anson das Geld sicher gebrauchen könnte. Dies ist der beste Beweis, wie schlecht ich Selma damals kannte.«

»Was soll das heißen?« fragte Mason.

»Die Frau ist ein Finanzgenie«, versetzte Arlington. »Bill besaß eine Lebensversicherung über hunderttausend Dollar. Mit diesem Betrag und dem Erlös aus dem Nachlaß begann sie, sich selbst als Grundstücksmaklerin zu betätigen. Außerdem kaufte sie Wertpapiere. Sie hat glänzend verdient.«

»Wann geschah das alles?« erkundigte sich Mason. »Ich meine das Essen, das zu Mr. Ansons Tod führte.«

»Vor dreizehn Monaten.«

»Und bei welcher Gesellschaft war Mr. Anson versichert?«

»Das sagte ich Ihnen doch schon«, erwiderte Arlington ungeduldig. »Bei der Allgemeinen Unfall und Leben.«

»Nein«, entgegnete Mason. »Sie sagten mir lediglich, daß Ihnen diese Versicherungsgesellschaft Schwierigkeiten mache. Sie erwähnten nicht, daß Bill Anson bei ihr versichert war.«

»Schön, es handelte sich um hunderttausend Dollar. Die Versicherung zahlte, ohne mit der Wimper zu zucken, doch jetzt rollt man den Fall plötzlich wieder auf.«

»Und was führte dazu?« fragte Mason.

»Das ist eine lange Geschichte«, antwortete Arlington. »Ich traf Selma Anson, wie gesagt, nach diesem Grundstückskauf ziemlich häufig, lernte sie näher kennen, stellte fest, was für ein vernünftiger und liebenswerter Mensch sie ist und – lieber Himmel, Mason, ich will heiraten.«

»Selma Anson?«

»Ja.«

»Gibt es denn einen Grund, weshalb Sie *nicht* heiraten können?«

»Ja.«

»Und der wäre?«

»Selma.«

»Was soll das heißen?«

»Sie weigert sich, mich zu heiraten.«

»Sie meinen, Sie erwidert Ihre Gefühle nicht?« fragte Mason.

»Sie liebt ihn«, warf Daphne ein.

Arlington drehte sich nach seiner Nichte um und rief ärgerlich: »Mir gegenüber hat sie das nie zugegeben.«

»Vielleicht kann ich hier etwas Klarheit schaffen«, sagte Daphne. »Die Familie ist gegen die Heirat, und zwar ganz entschieden.«

»Aus welchen Gründen?« wollte Mason wissen.

»Wollen Sie die wirklichen Gründe«, fragte Daphne, »oder wollen Sie hören, was die Familie als Gegenargumente vorzubringen hat?«

»Beides«, versetzte Mason.

»Die wirklichen Gründe«, erklärte Daphne aufgebracht, »sind Geldgier und Eifersucht. Die lieben Verwandten fürchten, daß Onkel Dee und Selma Anson sehr glücklich miteinander werden und daß Onkel Dee, falls er zuerst sterben sollte, sein ganzes Vermögen Selma Anson hinterläßt.«

»Und der angebliche Grund?«

Daphne zögerte.

»Heraus mit der Sprache«, forderte Mason sie auf.

»Äh... Sie behaupten, daß es einen komischen Eindruck macht, wenn Onkel Dee die Witwe eines Mannes heiratet, der sich auf seiner Geburtstagsfeier eine Lebensmittelvergiftung geholt hat und daran gestorben ist.«

Mason wandte sich Arlington zu. »Nach dem Tod von Bill Anson haben Sie also Selma oft gesehen und sich in sie verliebt.«

»Ja.«

»Wie lange ist das her?«

»Was?«

»Daß Sie sich in sie verliebten.«

»Mein Gott, das kann man doch nicht so genau sagen«, versetzte Arlington gereizt. »Wenn man älter wird, überkommt einen die Liebe nicht mehr urplötzlich. Man kann dann nicht sagen: ›Ich habe mich Donnerstag nachmittag um zwei Uhr fünfunddreißig verliebt.‹«

»Wie lange ist es her?« wiederholte Mason.

»Ich sage Ihnen doch, ich weiß es nicht.«

»Ungefähr.«

»Na schön«, seufzte Arlington. »Mir wurde ungefähr drei Monate nach Bills Tod klar, daß ich Selma liebte. Aber wahrscheinlich liebte ich sie schon vorher und gestand es mir nur nicht ein.«

»Vor Bill Ansons Tod?« fragte Mason.

»Worauf wollen Sie hinaus? Sie...«

»Ich will auf gar nichts hinaus«, schnitt ihm Mason das Wort ab. »Ich versuche lediglich, mir ein möglichst genaues Bild zu machen.«

»Ich bin kein Schürzenjäger«, erklärte Arlington. »Bill Anson war mein Freund, Selma kannte ich nur flüchtig. Sicher, ich fand sie nett und liebenswürdig, aber es wäre mir nie eingefallen, aufdringlich zu werden – falls Sie das glauben.«

»Nein, das glaube ich nicht«, versetzte Mason. »Aber anscheinend spukt Ihnen dieser Gedanke durch den Kopf.«

»Kein Wunder«, rief Arlington erregt. »In letzter Zeit bekomme ich von allen Seiten Anspielungen zu hören. Mildred tut sich da besonders hervor. Sie behauptet, es gibt einen Skandal, wenn ich Selma Anson heirate. Und dann taucht auch noch dieser Mann von der Versicherung auf...«

»Wie hieß er gleich wieder?«

»Herman Bolton.«

»Was will er von Ihnen?«

»Er führte eine regelrechte Untersuchung durch und nahm alle, die an der Geburtstagsfeier teilgenommen hatten, ins Verhör. Anscheinend sind der Gesellschaft am Ablauf der Sache plötzlich Zweifel gekommen, obwohl man anstandslos gezahlt hat. Man spricht jetzt davon, den Fall noch einmal aufzurollen. Ist das möglich, Mr. Mason?«

»Es kommt auf die Umstände an«, versetzte Mason. »Die Gesellschaft kann natürlich behaupten, die Versicherungssumme wäre unter Bedingungen ausbezahlt worden, die ihr das Recht geben, das Geld jetzt zurückzuverlangen.«

»Und was für Bedingungen wären das?« wollte Arlington wissen.

»Das kann ich nicht sagen«, erwiderte Mason. »Es ist möglich, daß das Geld irrtümlich ausbezahlt wurde oder betrügerischerweise...«

»Kann die Gesellschaft das Geld zurückverlangen?«

»Das hängt von den Beweisen ab«, antwortete Mason. »Wenn die Gesellschaft überzeugend dartun kann, daß die Versicherungssumme an Selma Anson unter Umständen ausbezahlt wurde, die nicht ordnungsgemäß waren, daß Selma Anson daher nur eine Art Treuhänder des Geldes war, dann kann das Geld zurückverlangt werden.«

»Ja, aber was für Umstände sollten das denn sein?« fragte Arlington.

Mason zögerte.

»Wenn Selma Anson zum Beispiel ihren Mann vorsätzlich vergiftet hat«, bemerkte Daphne mit fester Stimme.

»Ich habe Mr. Mason gefragt«, rief Arlington ungeduldig.

»Und Mr. Mason will dir das nicht so brutal ins Gesicht sagen«, versetzte Daphne.

»Ich kenne ja den Sachverhalt nicht«, warf Mason ein. »Wie kommen Sie denn auf diesen Gedanken, Miss Arlington?«

»Boltons komische Fragen haben mich darauf gebracht. Er macht kein Hehl aus seiner Theorie. Er meint, Bill Anson wäre zwar nach dem Genuß des Krabbensalats genau wie wir anderen erkrankt, wäre aber schon wieder auf dem Wege der Besserung gewesen, als ihm jemand eine tödliche Dosis Gift verabreichte.«

»Sag so was nicht, Daphne«, mahnte Arlington. »Wir wissen nicht, was Bolton denkt.«

»Du vielleicht nicht, aber ich«, widersprach Daphne.

»Hat Bolton dir denn Dinge anvertraut, die er mir verschwiegen hat?« fragte Arlington.

»Ich glaube, er hat mir mehr verraten, als ihm selbst klar wurde.

Man muß nur zwischen den Zeilen lesen können. Und jetzt sollten wir den Tatsachen ins Gesicht sehen, Onkel Dee.«

»Ich käme nur vom Regen in die Traufe«, stellte Arlington fest. »Selma wird mich niemals heiraten, wenn die Versicherungsgesellschaft jetzt zu derartigen Gerüchten Anlaß gibt.«

»Von Gerüchten kann keine Rede sein«, erklärte Daphne. »Bolton fragte mich ganz unverblümt nach meinen Symptomen, nach den Symptomen der anderen, wieviel Krabbensalat insgesamt gegessen worden wäre, ob ich wüßte, wer den Salat auf dem Küchentisch stehenließ, als Mildred und Lolita zum Friseur gingen. Er fragte mich, was ich über derartige Anfälle wüßte, ob es nicht zuträfe, daß wir alle an Übelkeit gelitten, uns aber ziemlich rasch wieder erholt hätten, ob es nicht wahr wäre, daß Bill Anson sich schon auf dem Weg der Besserung befunden hätte, als er plötzlich einen Rückfall bekam und starb.«

»Nun«, meinte Arlington, »die Katze ist jetzt aus dem Sack, Mr. Mason. Und nun zu meinem Anliegen. Ich möchte, daß Sie dieser Versicherungsgesellschaft so einheizen, daß sie einen Rückzieher macht und ihre Nachforschungen einstellt. Ich habe schon genug Sorgen.«

»Sie fürchten also, daß diese Untersuchung der Versicherungsgesellschaft Mrs. Anson davon abhalten wird, Sie zu heiraten?«

»Ganz recht. Und noch etwas – diese Frau ist nicht der Typ, der sich aufdrängt. Solange die Familie ihr so feindselig gegenübersteht, wird sie mich nicht heiraten.«

»Dieses Hindernis könnten Sie natürlich selbst durch eine offene Aussprache mit Ihren Angehörigen beseitigen«, meinte Mason. »Sie könnten Ihren Verwandten über Ihre finanziellen Pläne reinen Wein einschenken und Ihnen klarmachen, daß es ohnehin jederzeit in Ihrer Macht steht, Ihre Nichten und Neffen zu enterben.«

»Das würde ich nie tun«, versetzte Arlington. »Soweit würde ich nicht gehen. Es sind immerhin meine Verwandten, die einzige Familie, die ich habe. Doch wenn ich wieder heiraten will und ein neues Testament aufsetzen will, um meine Frau versorgt zu sehen, so möchte ich doch das Recht haben, meine Entscheidungen selbst zu treffen. Ich will mir nicht von Nichten und Neffen Vorschriften machen lassen.«

»Nicht alle wollen sich da einmischen«, bemerkte Daphne.

»Aber einige?« fragte der Anwalt.

Sie zögerte einen Moment und blickte ihm dann offen in die Augen. »Ja, einige unter uns wollen Onkel Dee Vorschriften machen.«

»Ich fürchte, unter den gegebenen Umständen bin ich nicht in der Lage, Sie zu vertreten, Mr. Arlington«, sagte Mason.

»Warum nicht?«

»Sie persönlich haben gegen die Versicherungsgesellschaft keine Handhabe«, erklärte Mason. »Nur Selma Anson könnte wegen übler Nachrede oder Verleumdung gegen sie vorgehen. Vielleicht schlagen Sie ihr vor, mich aufzusuchen. Ich hätte keine Bedenken, sie zu vertreten. Doch *Sie* haben nichts gegen die Versicherungsgesellschaft in der Hand. Sie können keinen Schaden nachweisen.«

»Ich kann keinen Schaden nachweisen?« rief Arlington empört. »Wenn diese Versicherungsgesellschaft hier eine Menge Staub aufwirbelt und Gerüchte in die Welt setzt, wird Selma mich nicht heiraten. Damit sind die letzten Jahre meines Lebens verpfuscht.«

»Ich sehe die Sache von zweierlei Gesichtspunkten aus, Mr. Arlington«, erklärte Mason. »Vom rechtlichen Standpunkt aus und vom Standpunkt der Persönlichkeit des Mandanten aus. Ich könnte Selma Anson in dieser Angelegenheit vertreten, aber nicht Sie.«

»Komm, Onkel Dee«, drängte Daphne. »Das ist doch klar genug. Überrede Selma, daß sie Mr. Mason aufsucht.«

»Ich kann Selma nicht in die Geschichte einweihen«, versetzte Arlington. »Sie hat keine Ahnung, was dieser verdammte Versicherungsmensch da für ein Lügenmärchen in die Welt setzen will.«

»Woher wissen Sie denn, daß sie ahnungslos ist?« fragte Mason.

»Das sieht man doch. Sie macht sich wegen meiner Familie Sorgen, wegen der Feindseligkeit meiner Angehörigen. Aber das ist auch alles.«

»Onkel Dee«, sagte Daphne entschieden. »Du sollst dich nicht so aufregen. Beruhige dich. Ich werde selbst mit Selma sprechen. Ich möchte feststellen, ob sie von dem, was hier vorgeht, überhaupt eine Ahnung hat. Komm jetzt. Wir haben Mr. Mason lange genug aufgehalten.«

Daphne stand entschlossen auf. Delane Arlington folgte zögernd ihrem Beispiel. »Was schulde ich Ihnen, Mr. Mason?« fragte er.

»Nichts«, erwiderte Mason. »Sie haben mir ganz allgemein Ihr Anliegen geschildert. Sie haben mir keinerlei Fakten anvertraut, die der beruflichen Schweigepflicht unterliegen. Ich habe Ihnen erklärt, daß ich nicht in der Lage bin, Ihre Interessen zu vertreten.«

»Sie können mir also überhaupt nicht helfen«, stellte Arlington fest. »Denn Selma wird sich bestimmt nicht an einen Anwalt wenden, um dieser Sache ein Ende zu bereiten.«

»Wir wissen nicht, was sie tun wird«, erklärte Daphne. »Warte doch erst mal, bis ich mit ihr gesprochen habe. Komm jetzt, Onkel Dee.«

An der Tür blieb Arlington noch einmal stehen. »Ich wäre bereit, Ihnen jeden Betrag zu zahlen, Mr. Mason.«

Mason schüttelte lächelnd den Kopf. »Ich kann Sie nicht vertreten, Mr. Arlington. Selma Anson ist die einzige, die etwas gegen die Versicherungsgesellschaft unternehmen kann.«

»Aber ich sage Ihnen doch, daß sie nichts tun wird.«

Daphne lächelte Mason an, nahm ihren Onkel am Arm und schob ihn energisch hinaus.

Mason wandte sich Della Street zu.

»Das ist wirklich eine prachtvolle Situation«, rief er, nachdem die Tür ins Schloß gefallen war. »Selma Anson taucht hier auf, um mir zu erzählen, daß sie beschattet wird. Den Rest verschweigt sie.«

»Vielleicht hatte sie davon wirklich keine Ahnung«, meinte Della.

»Kann sein«, gestand Mason ein. »Jetzt wissen wir jedenfalls, die Versicherungsgesellschaft versucht nachzuweisen, daß Selma Anson ihren Mann vergiftet hat.«

»Und angeregt wurde sie zu dieser Untersuchung vielleicht durch einen anonymen Anruf von einem liebenswerten Familienmitglied Delane Arlingtons«, warf Della ein.

»Das wissen wir nicht«, stellte Mason fest. »Doch es ist wahrscheinlich. Schön, also die Versicherungsgesellschaft will den Fall wieder aufrollen. Man läßt Selma Anson beschatten, und zwar so auffällig, daß sie es merken muß. Und irgendwo lauert wahrscheinlich auch ein gerissener Detektiv oder eine Detektivin, die sich in Selma Ansons Vertrauen einschleichen soll. Es hat ganz den Anschein, als verfolgte da jemand einen höchst geschickt eingefädelten Plan.«

»Und für uns gilt wie immer: mitgefangen – mitgehangen, wie?« meinte Della Street.

»Natürlich. Ich bin ziemlich sicher, daß Selma Anson bald wieder hier erscheinen wird. Versuchen Sie doch mal, Paul Drake zu erreichen, Della.«

Della wählte mit geübter Hand die Nummer und nickte Mason einen Augenblick später zu. »Der Chef möchte Sie sprechen, Paul«, sagte sie in die Sprechmuschel.

Mason nahm Della Street den Hörer aus der Hand. »Paul«, sagte er, »die Sache Anson wird allmählich spannend.«

»Oh? Ich dachte, das wäre abgeschlossen«, erwiderte Drake.

»Mrs. Anson bat mich, ihre Interessen wahrzunehmen, und meinte, ich sollte tun, was ich für richtig halte«, erklärte Mason. »Das tue ich jetzt. Ich brauche schnellstens zwei gute Detektive.«

»Worum geht's?« erkundigte sich Drake.

»Wir fangen mit dem ehrenwerten Mr. Findlay an«, erklärte Mason. »Ich brauche einen Detektiv, der sich an Findlay heranpirscht und seine Bekanntschaft macht, und ich brauche einen zweiten Mann, der Ralph Baird beschatten soll – und zwar so, daß Baird es merkt und unruhig wird.«

»Moment mal. Das verstehe ich nicht. Normalerweise setzt man doch zwei Leute, die Hand in Hand arbeiten, auf ein und dieselbe Person an, Perry. Zunächst macht man das Opfer unruhig und besorgt, und dann horcht man es aus.«

»Ganz recht«, bestätigte Mason. »Wir spielen jetzt eben mit Variationen.«

»Meinetwegen. Einen ›Vertrauensmann‹ für Findlay also. Das macht keine Schwierigkeiten.«

»Aber es muß ein guter Mann sein«, bemerkte Mason. »Am besten jemand in Findlays Alter – ein Playboy-Typ, wenn's geht, ein cleverer Bursche, der sich kein X für ein U vormachen läßt. Von diesem Schlag ist Findlay nämlich. Er ist ein Gebrauchtwagenhändler und gewohnt, den Leuten etwas aufzuschwatzen; läßt sein Geld gern rollen und verschwendet keine Zeit mit unnützen Überlegungen. Wenn dein Mann diesen Typ trifft, dürfte es ziemlich leicht für ihn sein, Findlays Vertrauen zu gewinnen.«

»Und auf Ralph Baird willst du auch einen Detektiv ansetzen«, meinte Drake. »Aber ich verstehe nicht, warum du *ihn* und nicht Findlay beschatten lassen willst.«

»Der gute Baird soll unruhig werden. Er muß merken, daß er beschattet wird«, versetzte Mason.

»Und wann sollen wir anfangen?«

»Sofort.«

Als Paul Drake aufgelegt hatte, wandte sich Mason an Della Street. »So, Della, und jetzt verbinden Sie mich mal mit Selma Anson.«

Della Street wandte sich dem Telefon zu. »Mrs. Anson«, sagte sie wenig später, »hier ist Mr. Masons Kanzlei. Mr. Mason hätte Sie gern gesprochen. Es handelt sich um eine ziemlich wichtige Angelegenheit. Bitte bleiben Sie am Apparat.«

Mason nahm den Hörer zur Hand. »Hier Mason«, meldete er sich. »Mrs. Anson, es besteht die Möglichkeit, daß man Ihre Leitung angezapft hat, deshalb rate ich zur Vorsicht.«

»Meine Leitung angezapft?« echote sie ungläubig.

»Es besteht die Möglichkeit«, widerholte Mason. »Hören Sie mir bitte zu, ich möchte Sie auf einige wichtige Punkte hinweisen. Es ist möglich, daß diese ganze Angelegenheit weitere Kreise zieht, als wir angenommen haben, daß sie gründlicher vorbereitet ist, als es im Moment der Fall zu sein scheint. Ich möchte mich nicht auf unnötige Risiken einlassen. Also, passen Sie auf. Sie haben vor kurzem eine neue Bekanntschaft gemacht – mit einer Frau, die sich für die Mayas interessierte. Ich möchte Sie bitten, in Ihren Gesprächen mit dieser Frau größte Vorsicht walten zu lassen. Das beste wäre, wenn Sie in den nächsten Tagen gar nicht mit ihr zusammenkommen. Sollte das nicht gehen, ohne unhöflich zu sein, so lassen Sie sich auf jeden Fall dieser Frau gegenüber nichts von Ihren Sorgen anmerken. Geben Sie sich unbekümmert, aber lassen Sie sich nicht ausholen.«

»Können Sie sich etwas näher erklären?«

»Ja, aber jetzt ist nicht der geeignete Moment«, erwiderte Mason. »Machen Sie sich vorläufig keine Sorgen, ganz gleich, was geschieht. Warten Sie ab, behalten Sie klaren Kopf und verlieren Sie nicht die Ruhe.«

»Warum all diese gutgemeinten Ratschläge, Mr. Mason?« rief Selma Anson verwirrt. »Was ist denn los?«

»Sie haben doch nach dem Tod Ihres Gatten Geld von der Versicherung bekommen, nicht wahr?« sagte Mason.

»Ja, natürlich. Mein Mann war versichert.«

»Was taten Sie mit dem Geld?«

»Ich legte es an.«

»Klug?«

»Mit Glück.«

»Sie haben also Gewinne erzielt?«

»Sehr beträchtliche Gewinne.«

»Es kann sein, daß die Versicherungsgesellschaft behaupten wird, das Geld wäre Ihnen unter falschen Voraussetzungen ausbezahlt worden, daß Sie deshalb den Versicherungsbetrag nur treuhänderisch für die Gesellschaft verwaltet hätten und somit nicht nur der ursprünglich an Sie ausbezahlte Betrag, sondern auch der durch Anlage dieses Geldes realisierte Gewinn rückerstattungspflichtig ist.«

»Wie? Was? Aber... Damit kann die Gesellschaft doch nicht durchkommen!«

»Ich sage nicht, daß sie damit durchkommen wird, ich sage lediglich, daß man dies möglicherweise versuchen wird.«

»Aber – aber das wäre ja entsetzlich.«

»Und aus diesem Grund rate ich Ihnen, vorsichtig zu sein«, fuhr Mason fort. »Setzen Sie sich sofort mit mir in Verbindung, wenn sich irgend etwas Neues ergibt. Legen Sie jedes Wort auf die Goldwaage, wenn Sie sich mit anderen unterhalten. Und jetzt noch eine Frage: Hat ein Mann namens Bolton sich inzwischen bei Ihnen gemeldet?«

»Nein. Wer ist das?«

»Herman J. Bolton ist ein Vertreter der Versicherungsgesellschaft«, erklärte Mason. »Er wird Sie wahrscheinlich aufsuchen. Und wenn er kommt, wird er aller Wahrscheinlichkeit nach eine Aktentasche bei sich haben, die er ganz unauffällig dort niederlegen wird, wo Ihre Unterhaltung mit ihm stattfindet. Dann wird er Sie bitten, eine Anzahl von Fragen zu beantworten. In der Aktentasche dürfte ein Tonbandgerät verborgen sein, mit einem besonders empfindlichen Mikrofon. Wenn dieser Mr. Bolton bei Ihnen auftaucht, Mr. Anson, so sagen Sie ihm, daß Ihres Wissens ein Rechtsstreit im Gange sei und daß Sie, in Ihrer Eigenschaft als eine der streitenden Parteien, sich ohne Ihren Rechtsbeistand nicht mit ihm unterhalten können. Und dann sehen Sie ihm direkt ins Gesicht und fragen Sie ihn, ob er ein Tonbandgerät in seiner Aktentasche hat. Versuchen Sie, ihn zu einer Antwort zu zwingen.

Die Sache wird ihm ziemlich peinlich sein. Sie können die Entrüstete spielen, ihn hinausbeordern und ihm erklären, daß Sie sich weigern, sich ohne Ihren Anwalt mit ihm zu unterhalten. Schaffen Sie das?«

»Ja, natürlich. Aber, Mr. Mason, das ist alles höchst bestürzend.«

»Wieso bestürzend?«

»Nun, ich meine, es ist ein schrecklicher Schock für mich. Ich dachte, all diese Dinge wären längst erledigt. Ich dachte, wenn die Versicherungssumme einmal gezahlt ist, dann ist alles ein für allemal geklärt. Gibt es denn da nicht eine Art Verjährungsgesetz, das solche Nachspiele unmöglich macht?«

»Wir haben es hier mit einer besonderen Situation zu tun«, führte Mason aus. »Die Versicherungsgesellschaft kann unter Umständen behaupten, daß die Versicherungssumme erschwindelt wurde und daß der Betrug infolge Ihrer Verschleierungstaktik erst vor wenigen Tagen entdeckt wurde. Die Leute werden möglicherweise behaupten, daß Ihr Gatte Selbstmord beging, oder gar, daß er ermordet wurde.«

»Und das habe ich George Findlay zu verdanken«, sagte sie. »Er hat die Saat schon ausgestreut.«

»Genau«, bestätigte Mason. »Deshalb möchte ich Ihnen noch einmal raten, sich keinem Menschen anzuvertrauen. Ein Gerücht läßt sich aus der Welt schaffen. Mit einer Klage oder Anzeige geht das nicht so leicht.«

»Gut«, sagte sie. »Ich werde mein Bestes tun. Doch ich bin wirklich sehr bestürzt. Wenn die Versicherung ihr Geld zurückverlangt, bin ich ruiniert.«

»Es sind noch einige Dinge im Spiel, von denen ich Ihnen nichts erzählt habe«, erklärte Mason. »Diese Einzelheiten werden vielleicht in den nächsten Stunden ans Licht kommen. Inzwischen vertrete ich Ihre Interessen nach bestem Wissen und Gewissen. Bewahren Sie Ruhe und kühlen Kopf, Mrs. Anson. Auf Wiederhören.«

»Auf Wiederhören«, sagte sie schwach.

Mason legte auf.

»Beunruhigt?« fragte Della.

»Verängstigt«, gab Mason zurück.

5

Als Perry Mason am Montagmorgen sein Büro betrat, fand er Della Street recht aufgeregt vor.

»Haben Sie heute morgen die Nachrichten gehört?« fragte sie.

Er schüttelte den Kopf.

»Da haben Sie etwas versäumt.«

»Spannen Sie mich nicht auf die Folter.«

»Ganz überraschend ordnete die Staatsanwaltschaft eine Exhumierung der Leiche William Harper Ansons an, der vor dreizehn Monaten allem Anschein nach an den Folgen einer Lebensmittelvergiftung starb. Der Sprecher sagte, eine vorläufige Untersuchung hätte zum Nachweis von Arsen geführt.«

»Oho!« sagte Mason.

»Und außerdem«, fuhr Della fort, »deutete man an, daß die Behörden weitere Beweise besäßen, auf die aber weder die Polizei noch die Staatsanwaltschaft näher einzugehen gedachten, weil sie das Recht der Angeklagten auf einen sachlichen und fairen Prozeß nicht beeinträchtigen wollten.«

»*Der* Angeklagten«, wiederholte Mason. »Nannten sie die Angeklagte namentlich?«

»Nein.«

»Das«, stellte Mason fest, »ist ganz üble Stimmungsmache. Genausogut hätten sie sagen können: ›Es wäre nicht fair, wenn wir jetzt bekanntgeben würden, daß gegen die Witwe ein Haftbefehl ausgestellt wurde, und deshalb wollen wir auf weitere aufsehenerregende Entwicklungen in diesem Fall jetzt nicht eingehen.‹«

»Sie meinen, man wird einen Haftbefehl ausstellen?« fragte sie.

»Man kann nicht von einer ›Angeklagten‹ sprechen«, erklärte Mason, »wenn nicht schon ein Haftbefehl ausgestellt und eine Person in Haft genommen wurde.«

Stirnrunzelnd starrte der Anwalt in die Ferne, während er sich das eben Gehörte durch den Kopf gehen ließ.

Das Telefon läutete. Della Street nahm den Hörer ab.

»Ja, Gertie?« sagte sie. Sie richtete sich abrupt auf. »Moment! Ja, verbinden Sie mich mit ihr. Mr. Mason wird mit ihr sprechen wollen.«

Della wandte sich dem Anwalt zu.

»Selma Anson. Eben hat ein Mann namens Bolton bei ihr vorgesprochen, von der Versicherung. Sie soll eine Erklärung über die Umstände beim Tod ihres Mannes geben. Sie sagt, gemäß Ihren Anweisungen hätte sie nichts...«

»Lassen Sie mich mit ihr reden«, unterbrach Mason. Er nahm den Hörer. »Hallo, Mrs. Anson?«

Ihre Stimme klang dünn und etwas ängstlich. »Ja, Mr. Mason?«

»Ist Mr. Bolton bei Ihnen?«

»Ja.«

»Erklären Sie ihm, daß Sie nur in Gegenwart Ihres Anwalts zu einem Gespräch bereit sind.«

Der Anwalt wartete einen Augenblick und hörte ihre Stimme im Hintergrund.

Dann meldete sie sich wieder. »Mr. Bolton möchte wissen, ob er mit Ihnen sprechen kann.«

»Ja, lassen Sie ihn an den Apparat.«

Die Stimme des Mannes war eindringlich, ein Unterton der Autorität schwang darin.

»Mr. Mason«, sagte er, »ich vertrete die Allgemeine Unfall und Leben.«

»Und Ihr Name?« fragte Mason.

»Herman J. Bolton.«

»Worum geht es?«

»Wir stellen Nachforschungen über den Tod eines Versicherungsnehmers an. Es handelt sich um William Harper Anson.«

»Und?«

»Laut der Todesurkunde, die vor dreizehn Monaten vom behandelnden Arzt ausgestellt wurde, starb Mr. Anson an einer Lebensmittelvergiftung.«

»Ja«, sagte Mason. »Und was weiter?«

»Nun hat die Gesellschaft gewisse Informationen erhalten, die recht beunruhigend sind. Soviel ich weiß, wurde die Leiche exhumiert, und jetzt hat eine erste Untersuchung Spuren von Arsen zum Vorschein gebracht. Unter diesen Umständen ist es von außerordentlicher Wichtigkeit, daß wir mehr über die Gegebenheiten erfahren, unter denen die Mahlzeit, die angeblich zu der Vergiftung führte, eingenommen wurde.«

»Aha«, sagte Mason.

»Wir haben uns inzwischen mit mehreren Leuten unterhalten,

die an dem Abendessen teilnahmen und zum Teil recht interessante Aussagen machten. Nun möchte ich eine Erklärung von Selma Anson, der Witwe des Verstorbenen. Sie weigert sich aber, mir diese Erklärung zu geben.«

»Sie weigert sich?« wiederholte Mason fragend.

»Nun, sie weigert sich, eine Erklärung in Abwesenheit ihres Anwalts abzugeben.«

»Sie sagte aber nicht, daß sie keine Aussage machen werde?«

»Sie sagte, sie würde keine Aussage machen, wenn ihr Anwalt nicht zugegen wäre.«

»Das stellt keine Weigerung dar«, erklärte Mason. »Wenn Sie Fragen haben, können Sie jederzeit mit Mrs. Anson in mein Büro kommen. Da werden wir dann weitersehen.«

»Nun, man sollte doch meinen, wenn sie in gutem Glauben handelte, wäre sie ohne weiteres bereit, der Gesellschaft gegenüber eine Erklärung abzugeben«, meinte Bolton.

»Wenn Sie unbedingt von gutem Glauben sprechen wollen«, versetzte Mason, »dann möchte ich doch einmal fragen, was die Versicherungsgesellschaft zu tun gedenkt.«

»Was meinen Sie damit? Ich weiß überhaupt nicht, ob man etwas zu tun gedenkt. Man stellt nur Nachforschungen an.«

»Und der Anlaß dazu ist doch wohl die Überzeugung der Gesellschaft, daß sie unter gewissen Umständen die Versicherungssumme, die der Witwe des Versicherungsnehmers ausbezahlt wurde, wieder zurückverlangen kann.«

»Das ist Sache unserer Rechtsabteilung. Ich vertrete hier nur die Untersuchungsabteilung.«

»Aber ist das nicht eine wahrscheinliche Vermutung?«

»Sagen wir, es liegt im Bereich des Möglichen.«

»Und unter diesen Umständen«, führte Mason aus, »sobald nämlich der Fall der Rechtsabteilung übergeben ist, haben Sie nicht das Recht, mit der gegnerischen Partei zu sprechen, es sei denn, der Rechtsbeistand dieser Partei sei zugegen. Ich würde im übrigen vorschlagen, daß Sie einen Anwalt der Gesellschaft mitbringen, wenn Sie in mein Büro kommen sollten.«

»Ach was, das ist doch nicht nötig«, widersprach Bolton gereizt. »Ich bearbeite derartige Fälle seit Jahren, und wenn es daran geht, Fragen zu stellen, bin ich meist derjenige, der dem Anwalt Tips gibt und nicht umgekehrt.«

»Ich mache diesen Vorschlag im Interesse aller«, erklärte Mason. »Es verstößt gegen die Regeln, wenn ich mit Ihnen spreche, ohne daß ein Anwalt der Versicherungsgesellschaft zugegen ist. Und Mrs. Anson wird keinesfalls in meiner Abwesenheit eine Erklärung abgeben.«

»Wann können wir Sie aufsuchen?«

»Was meinen Sie mit ›wir‹?«

»Mrs. Anson und ich.«

»Ohne Anwalt?«

»Ich habe Ihnen doch bereits erklärt, daß ich auf die Hilfe der Rechtsabteilung nicht angewiesen bin.«

»Gut, dann bringen Sie aber zumindest ein Schreiben von Ihren Anwälten mit, aus dem klipp und klar hervorgeht, daß die Rechtsabteilung Ihrer Gesellschaft nichts dagegen einzuwenden hat, wenn ich Ihnen in Abwesenheit eines Rechtsberaters der Gesellschaft Fragen stelle.«

»Sie werden mir ja gar keine Fragen stellen«, berichtigte Bolton. »*Ich* werde Mrs. Anson befragen.«

»Das glauben Sie«, versetzte Mason. »Wenn Sie meinen, Sie könnten Mrs. Anson ins Verhör nehmen, ohne mir gewisse Fragen zu beantworten, dann brauchen Sie sich gar nicht erst die Mühe zu machen, in mein Büro zu kommen.«

»Wie Sie wollen«, erwiderte Bolton. »*Ich* habe nichts zu verbergen.«

»Und wir auch nicht«, entgegnete Mason. »Sie selbst weisen darauf hin, daß Sie in solchen Angelegenheiten Routine besitzen. Wir sind keinesfalls geneigt, uns von Ihnen zahm wie die Lämmer zur Schlachtbank führen zu lassen.«

»Haha! Das ist ein guter Witz!« rief Bolton. »Perry Mason, der berühmte Anwalt, als Lamm, das zur Schlachtbank geführt wird.«

»Wenn Sie den Brief von Ihrer Rechtsabteilung haben, können Sie mich zurückrufen«, sagte Mason kurz. »Und jetzt lassen Sie mich bitte noch einmal mit Mrs. Anson sprechen.«

Als Selma Anson sich wieder meldete, sagte Mason: »Schieben Sie ihn ab, Mrs. Anson. Und sagen Sie nichts, was auch nur im entferntesten mit der Sache zu tun hat. Erklären Sie ihm einfach noch einmal, daß Sie ohne Ihren Anwalt nichts sagen können. Sobald er weg ist, rufen Sie mich an. Aber vergewissern Sie sich zuerst, daß er tatsächlich gegangen und außer Hörweite ist.«

»Ja, Mr. Mason.«

»Okay«, meinte Mason abschließend. »Bis nachher.« Damit legte er auf.

Während Mason auf den Anruf Selma Ansons wartete, wanderte er ruhelos auf und ab. Hin und wieder warf er Della Street zusammenhanglose Wortfetzen zu.

»Das ist ein Trick, Della... Wenn die Polizei die Untersuchung selbst führen würde, müßte sie den Betroffenen auf seine Rechte aufmerksam machen. Sie müßte Selma Anson klarmachen, daß sie unter Mordverdacht steht; daß alles, was sie aussagt, gegen sie verwendet werden kann; daß sie ein Recht auf einen Anwalt hat.«

»Und deshalb?« fragte Della.

»Deshalb«, erklärte Mason, »schickt man einen Mann von der Versicherung, der behauptet, er müsse Nachforschungen über den Tod William Ansons anstellen; der vielleicht ein paar herausfordernde Anspielungen macht und sie so aus der Reserve lockt. Man will damit erreichen, daß sie den Kopf verliert und in ihrem Ärger Aussagen macht, die sie später bereut. Und jetzt hat dieser Mann festgestellt, daß ich Selma Anson vertrete. Er wird zum nächsten Telefon sausen, um seine Vorgesetzten zu unterrichten und sich die nötigen Anweisungen zu holen.«

Das Telefon klingelte.

»Sollte Mrs. Anson sein«, meinte Della Street. Sie nahm den Hörer ab und meldete sich. »Einen Augenblick, Mrs. Anson«, sagte sie und reichte Mason den Hörer.

»Jetzt hören Sie mir gut zu, Mrs. Anson«, begann der Anwalt. »Was ich Ihnen sage, ist wichtig. Dieser Bolton wird wahrscheinlich in ein paar Minuten wieder zurückkommen, bewaffnet mit einer Vollmacht seiner Gesellschaft. Er wird Ihnen vorschlagen, sofort mein Büro aufzusuchen.«

»Aber das geht doch nicht«, wandte sie ein. »Ich habe Ihnen schon genug Unannehmlichkeiten bereitet und...«

»Das macht nichts«, warf Mason ein. »Ich möchte der Gegenseite gern eine Nasenlänge voraus sein.«

»Wer ist die Gegenseite?«

»Die Versicherungsgesellschaft und die Polizei.«

»Die Polizei?«

»Ja«, bestätigte Mason. »Es hat keinen Sinn, sich etwas vorzumachen. Wenn die Versicherungsgesellschaft genug Material vorlegen kann, um Ihre Festnahme wegen Mordes zu veranlassen, wird sie unverzüglich Klage gegen Sie einreichen; sie wird feststellen lassen, daß Sie das Geld, das Ihnen anläßlich des Todes Ihres Gatten ausbezahlt wurde, lediglich treuhänderisch verwalteten; daß Ihnen weder die Versicherungssumme noch die aus der Anlage dieses Geldes realisierten Gewinne rechtlich zustehen. Um mit dieser Klage durchzukommen, müßten sie betrügerische Absicht nachweisen. Man müßte überzeugend darlegen können, daß Ihnen das Geld auf Grund von Vorspiegelung falscher Tatsachen ausbezahlt wurde. Man müßte nachweisen, daß der Betrug zunächst nicht entdeckt wurde, daß er selbst bei ordnungsgemäßer Überprüfung des Falles zunächst nicht entdeckt werden konnte. Damit steht fest, daß Ihnen jemand das Leben so schwer wie möglich machen will. Sie wissen wohl, wer das ist. Wir müssen vorsichtig zu Werke gehen. Es ist durchaus möglich, daß Ihr Telefon angezapft ist. Ich weiß es nicht. Wenn Mr. Bolton zurückkommt, rufen Sie mich an, um einen Termin zu vereinbaren. Ich werde Ihnen sagen, daß Sie gleich kommen können. Dann fahren Sie sofort los. Und vergessen Sie nicht die Aktentasche. Es kann sein...«

»Die hatte er dabei. Er kam mit einer ledernen Aktentasche und legte sie neben sich auf den Stuhl.«

»Ein Tonbandgerät«, sagte Mason. »Beantworten Sie keine seiner Fragen. Beschränken Sie sich darauf, ›kein Kommentar‹ zu sagen. Bei mir im Büro werde ich dann das Gespräch führen. Alles klar?«

»Ja.«

»Okay«, sagte Mason. »Ich erwarte Sie.«

6

»Sie sind da«, verkündete Della Street.

»Führen Sie sie herrein.«

Della Street ging zur Tür ins Vorzimmer, öffnete sie und bat Selma Anson und einen wichtigtuerich wirkenden Mann ins Büro.

Selma Anson hielt sich im Hintergrund wie ein Kind, das bei einer Missetat ertappt und ins Büro des Schuldirektors zitiert wurde.

Der Mann jedoch eilte schnurstracks auf Mason zu. »Guten Tag, Mr. Mason«, sagte er forsch. »Mein Name ist Herman J. Bolton. Ich vertrete die Allgemeine Unfall und Leben. Sie wissen, worum es geht.«

Mason reichte dem Mann kurz die Hand.

»Es wäre mir lieber, wenn Sie das noch einmal ganz klarstellen würden«, erwiderte er.

»William Harper Anson war bei uns auf hunderttausend Dollar versichert. Der Mann starb vor dreizehn Monaten. Zu diesem Zeitpunkt hatten wir keinen Anlaß anzunehmen, daß der Mann im Gegensatz zur Todesurkunde eines gewaltsamen Todes gestorben war. Wir zahlten die Versicherungssumme aus. Mrs. Anson nahm das Geld an und hat, soviel ich weiß, den Betrag sehr klug angelegt. Sie hat große Gewinne erzielt.«

»Und?« fragte Mason.

»Jetzt«, fuhr Bolton fort, »haben wir Grund zu der Annahme, daß die Versicherungssumme – gelinde gesagt – verfrüht ausgezahlt wurde.«

»Was soll das heißen: ›verfrüht‹?«

»Wir hätten unsere Untersuchungen fortsetzen sollen.«

»Und was, glauben Sie, hätte eine Fortsetzung Ihrer Untersuchungen ergeben?«

»Sie hätte möglicherweise dazu geführt, daß Mrs. Anson die Versicherungssumme nicht zustand.«

»Mit welcher Begründung?«

»Darauf werde ich gleich eingehen.«

»Sehr interessant«, stellte Mason fest. »Haben Sie den Brief Ihrer Rechtsabteilung bei sich?«

»Einen Brief habe ich nicht, doch eine telefonische Anweisung. Wenn Ihnen das nicht genügt, können Sie die Gesellschaft jederzeit anrufen.«

Selma Anson hatte sich in einem Sessel niedergelassen. Bolton stand aufrecht und straff vor dem Schreibtisch und schleuderte Mason seine Worte ins Gesicht.

»Setzen Sie sich doch«, forderte Mason ihn auf und machte es sich in dem massiven Drehsessel hinterm Schreibtisch bequem.

Bolton zögerte einen Moment. Dann setzte er sich auf den Rand des Stuhls.

»So«, meinte Mason. »Sie sagen also, Ihre Gesellschaft hätte möglicherweise einen Fehler begangen, als sie die Versicherungssumme auszahlte. Welche Umstände hätten die Sachlage denn so geändert, daß nicht ausgezahlt worden wäre?«

»Selbstmord zum Beispiel«, spie Bolton ihm ins Gesicht. »In der Police war ausdrücklich vorgesehen, daß die Gesellschaft bei Selbstmord nicht haftet.«

»Und warum glauben Sie plötzlich, daß Selbstmord vorliegt?«

»Ich habe nicht gesagt, daß ich an Selbstmord glaube. Ich sagte lediglich, daß weitere Nachforschungen ein Vorliegen von Selbstmord hätten ergeben können.«

»Und wie soll der Selbstmord verübt worden sein?«

»Ich will meine Karten auf den Tisch legen«, sagte Bolton. »Sie wollen anscheinend sowenig wie möglich mit uns zu tun haben. Wir sind stets bestrebt, unsere Arbeit auf freundschaftlicher Basis zu erledigen. Wir glauben fest, daß tatkräftige Zusammenarbeit und gegenseitige Unterstützung am schnellsten zum Ziel führen. Ich werde nicht versuchen, Ihnen Informationen vorzuenthalten. Was wissen Sie über Arsenvergiftung?«

»Ist dies denn für unser Thema wesentlich?« fragte Mason.

»Es könnte Zeit sparen, wenn Sie mir antworten würden.«

»Wir brauchen keine Zeit zu sparen«, versetzte Mason. »Zeit haben wir in Mengen.«

»Sehr gut«, sagte Bolton. »Arsen ist ein Gift, das noch lange Spuren hinterläßt. Wir wissen, daß Anson an Arsenvergiftung starb und nicht an einer Lebensmittelvergiftung.«

»Weiter«, sagte Mason.

»Es ist natürlich möglich«, fuhr Bolton fort, »daß Anson Selbstmord begangen hat. Er wußte aber, daß die Gesellschaft in einem solchen Fall nicht zahlt, und gedachte deshalb, den Selbstmord zu verschleiern. Er nahm die Gelegenheit bei der Geburtstagsfeier wahr, fügte nicht nur seiner eigenen Mahlzeit, sondern auch den Portionen der anderen Anwesenden Arsen bei – natürlich in wesentlich geringerer Menge. Damit rief er bei allen die Symptome einer Lebensmittelvergiftung hervor. Kein Wunder, daß der behandelnde Arzt unter diesen Umständen einen Totenschein ausstellte, aus dem hervorgeht, daß Anson an Lebensmittelvergiftung starb. Damit war Ansons Witwe versorgt.«

»Und Sie sagen«, fragte Mason, »daß die Versicherungsgesellschaft unter diesen Umständen nicht haftet?«

»Genau.«
»Und daß man der Witwe das Geld wieder abverlangen könnte?«
»Das ist Sache der Rechtsabteilung«, sagte Bolton vorsichtig. »Ich kann mich hier nicht auf eine juristische Diskussion einlassen. Doch unter gewissen Umständen könnte die Hauptsumme natürlich zurückgefordert werden.«
»Und unter anderen Umständen wäre das nicht möglich?«
»Unter anderen Umständen«, erklärte Bolton, »könnte nicht nur die Hauptsumme zurückgefordert werden, unsere Rechtsabteilung vertritt vielmehr den Standpunkt, daß sogar alle Gewinne, die durch Anlage der Hauptsumme erzielt wurden, Eigentum der Gesellschaft sind und zurückgefordert werden können.«
»Und was für Umstände wären das?« fragte Mason.
Bolton beugte sich vor, blickte Mason direkt in die Augen und sagte: »Mord.«
»Mord durch wen?« fragte Mason.
»Durch die Begünstigte, Selma Anson.«
»Sie beschuldigen meine Mandantin des Mordes?«
»Nein, nein! Keineswegs! Mißverstehen Sie mich nicht, Mr. Mason. Wir erörtern hier lediglich alle Aspekte.«
»Sehr gut«, meinte Mason. »Vergessen wir also nicht, daß unsere Diskussion rein theoretischer Natur ist. Könnten Sie Ihren Standpunkt vielleicht etwas näher erläutern?«
»Dazu sehe ich keinen Anlaß«, versetzte Bolton. »Wenn ein Versicherungsnehmer durch den Begünstigten ermordet wird, so hat der Mörder auf die Versicherungssumme keinen Anspruch. Das ist im Gesetz verankert und dürfte Ihnen wohl bekannt sein.«
»Doch damit ist die Police nicht hinfällig«, entgegnete Mason.
»Jetzt kommen wir zu den rechtlichen Spitzfindigkeiten«, sagte Bolton. »Nein, die Police ist nicht hinfällig. Die Versicherungsgesellschaft muß ihren Vertrag erfüllen, doch die Zahlung erfolgt an die Erben des Verstorbenen, falls solche vorhanden sind; wenn nicht, erfolgt die Zahlung an den Staat.«
»Ihre Rechtsabteilung hat Sie offensichtlich gründlich in die Schule genommen«, stellte Mason lächelnd fest.
»Ich sagte Ihnen schon, Mr. Mason, daß ich meinen Beruf seit vielen Jahren ausübe. Die elementaren Grundsätze des Versicherungsrechts sind mir bekannt.«

»Und inwiefern verspricht sich Ihre Gesellschaft von dieser Untersuchung einen Vorteil?« erkundigte sich Mason.

»Ganz einfach. Es handelt sich um einen rein formalen Punkt, das will ich gern zugeben. Die Allgemeine Unfall und Leben zahlt im Falle eines Todes durch Unfall den doppelten Versicherungsbetrag. Unsere Gesellschaft ist in dieser Hinsicht wesentlich großzügiger als andere Unternehmen. In Ansons Fall beispielsweise lautete die Police auf fünfzigtausend Dollar. Man hätte gewiß die Frage erheben können, ob der Tod tatsächlich durch Unfall eintrat, da ja der Verstorbene die verdorbene Speise freiwillig zu sich nahm. Doch die Gesellschaft meldete keinerlei Zweifel an und zahlte anstandslos. Mrs. Anson erhielt hunderttausend Dollar.«

»Bitte fahren Sie fort.«

»Unsere Nachforschungen ergaben«, berichtete Bolton weiter, »daß Mrs. Anson zum Zeitpunkt des Todes ihres Gatten keinerlei nennenswertes Vermögen besaß, daß sie jedoch nach Empfang der Versicherungssumme mit dem Geld arbeitete. Sie scheint einen untrüglichen Geschäftssinn zu haben. In kurzer Zeit vervielfältigte sie den ursprünglichen Betrag. Im Augenblick besitzt sie ein Vermögen, das sich auf etwa fünfhunderttausend Dollar beläuft. Wenn Mrs. Anson nun ihren Gatten getötet hat – rein theoretisch gemeint –, dann machte sie sich des Betrugs schuldig, als sie die Versicherungssumme von der Gesellschaft entgegennahm. Somit kann sie allenfalls als Treuhänderin angesehen werden. Nach Recht und Gesetz, die jedem Straffälligen verbieten, aus seiner strafbaren Handlung Kapital zu schlagen, würden alle Gewinne der Versicherungsgesellschaft zufallen. Meine Gesellschaft würde folglich einen Betrag von fünfhunderttausend Dollar erhalten, brauchte aber nur einhunderttausend Dollar an die Erben William Ansons oder an den Staat zu zahlen. Die restlichen vierhunderttausend Dollar würden in das Eigentum der Gesellschaft übergehen.«

»Sehr ausgeklügelt«, meinte Mason. »Offensichtlich das Resultat intensiven Nachdenkens und gründlicher Ermittlungen.«

»Dafür werde ich bezahlt, Mr. Mason«, versetzte Bolton. »Ich darf mit verzeihlichem Stolz sagen, daß ich meiner Gesellschaft schon Hunderttausende von Dollar eingespart habe. In meinem Beruf bin ich ein Scharfschütze.«

»Aha«, bemerkte Mason. »Haben Sie in Ihrer Aktentasche übrigens ein Tonbandgerät?«

Bolton fuhr hoch.

»Nun?« drängte Mason.

»Sie haben recht. Ich trage ein Bandgerät bei mir«, antwortete Bolton nach kurzem Zögern. »Ich achte stets darauf, daß meine Berichte so wortgetreu wie möglich sind, und da ist so ein Gerät natürlich von großem Nutzen.«

»Versteht sich«, erwiderte Mason. Er wechselte das Thema. »Soviel ich weiß, waren Mr. und Mrs. Anson bei der Geburtstagsfeier nur Gäste. Mrs. Anson hatte mit der Vorbereitung der Speisen nicht das geringste zu tun.«

»Das hat sie mir persönlich nicht bestätigt«, sagte Bolton.

»Ach, und Ihnen wäre es lieb, wenn sie diese Erklärung selbst abgeben würde?«

»Ja.«

»Und dann würden Sie ihr alle möglichen Fragen stellen – wie lange sie im Haus war, ehe das Essen serviert wurde, wo das Essen zubereitet wurde, und so weiter und so fort.«

»Ja, wahrscheinlich.«

»Bis zu diesem Zeitpunkt haben Sie wohl sehr gründliche Ermittlungen angestellt?«

»Ich habe mit verschiedenen Zeugen gesprochen, ja.«

»Haben Sie sich mit der Familie Arlington unterhalten?«

»Mit einigen Familienangehörigen.«

»Ausführlich?«

»Ja.«

»Und Sie fragten sicher auch, wo das Essen abgestellt wurde, ehe man es servierte?«

»Wenn ich recht unterrichtet bin, erbot sich Ihre Mandantin, beim Auftragen der Speisen zu helfen.«

»Aha.« Mason nickte. »Unter diesen Umständen möchte ich zunächst einmal für gleiche Chancen sorgen, ehe ich mich auf eine Unterhaltung dieser Art einlasse.«

»Was soll das heißen?«

»Ich möchte mich selbst erst einmal mit den anderen Zeugen unterhalten.«

»Das wäre ungeschickt.«

»Oder«, schlug Mason mit einem entwaffnenden Lächeln vor, »vielleicht spielen Sie mir die Bänder ab, die Sie bei Ihren Gesprächen mit diesen Zeugen aufgenommen haben.«

»Das ist unerhört«, rief Bolton entrüstet. »Diese Bänder sind mein Eigentum. Ich lasse sie von niemandem abhören.«

»Es kann von entscheidender Bedeutung sein«, stellte Mason fest, »wie Ihre Fragen formuliert waren: ob Sie Suggestivfragen stellten oder solche, die eindeutig und unverkennbar auf ein bestimmtes Ziel hinführten, oder ob Sie tatsächlich den gewissenhaften Versuch machten, gerecht und objektiv zu sein.«

»Ich tue meine Arbeit auf meine Weise. Ich mache Ihnen ja auch keine Vorschriften. Und von Ihnen lasse ich mir bestimmt keine Vorschriften machen.«

»Unter diesen Umständen«, erklärte Mason, »sind wir nicht bereit, eine Erklärung abzugeben.«

»Das ist aber nicht sehr klug von Ihnen«, versetzte Bolton. »Wir handeln in gutem Glauben. Unsere Nachforschungen sind sachlich und unvoreingenommen. Es kann sich um Selbstmord handeln oder um Mord. Ihre Mandantin sollte bestrebt sein, den wahren Sachverhalt aufzudecken.«

Mason lächelte. »Damit wäre dieses Gespräch wohl beendet.«

Selma Anson wollte etwas sagen. Mason hielt die Hand hoch.

Bolton blieb weiterhin sitzen. Seine Wangen waren gerötet, seine Augen blitzten ärgerlich.

»Ich darf wiederholen, Mr. Bolton«, sagte Mason. »Ich betrachte unser Gespräch als abgeschlossen. Das verstehen Sie doch? Guten Morgen, Mr. Bolton.«

»Sie können mich nicht auf diese Weise abschieben«, fuhr Bolton ihn an.

»Warum nicht?« fragte Mason.

»Entweder gibt Ihre Mandantin eine Erklärung ab, oder sie weigert sich klipp und klar, eine Aussage zu machen. Eher gehe ich nicht.«

»Sie weigert sich nicht, eine Aussage zu machen. Ich lehne eine Fortsetzung der Unterhaltung zu diesem Zeitpunkt ab. Ich möchte Gelegenheit haben, das Material, das Sie gesammelt haben, auszuwerten, ehe ich meiner Mandantin Anweisung gebe, Ihre Fragen zu beantworten. Sie wird eine Aussage machen, wenn ich Sie darum bitte, eher nicht. Ist das klar?

»Ja, das ist klar.«

»Ich danke Ihnen«, sagte Mason lächelnd.

Bolton sprang zornig auf, packte seine Aktentasche und rief:

»Das werden Sie bereuen, Mason! Ich habe genug Beweismaterial, um meiner Firma Bericht zu erstatten. Der Bericht wird für Ihre Mandantin sehr ungünstig ausfallen. Die Tatsache, daß sie weder meine Fragen beantwortete noch sonst zur Erhellung der Tatsachen beitrug, ist meiner Meinung nach höchst bedeutsam.«

»Was für Tatsachen sollte sie denn erhellen?« fragte Mason.

»Sie wissen wahrscheinlich nicht«, gab Bolton wütend zurück, »daß Ihre Mandantin wiederholt Arsen gekauft hat.«

»Sie hat Arsen gekauft?« wiederholte Mason. »Sind Sie sicher?«

»Natürlich«, sagte Bolton. »Sie hat versucht, ihre Mordpläne zu vertuschen, indem sie vorgab, sich für das Ausstopfen von Vögeln zu interessieren. Eine der besten Arten, das Gefieder der Vögel zu erhalten, besteht darin, sie mit Arsenmischungen zu behandeln. Es gibt ein Präparat zu kaufen, das als ›Featherfirm‹ bekannt ist und für diese Zwecke verwendet wird. Selma Anson kaufte vor dem Tod ihres Mannes große Mengen davon. Es wird Sie interessieren, daß Mrs. Anson nach dem Ableben ihres Mannes plötzlich alles Interesse am Vogelausstopfen verloren zu haben schien. Das Geschäft, in dem sie ihr ›Featherfirm‹ stets kaufte, bestätigte mir, daß sie seit dem Tod ihres Mannes dieses Präparat nicht mehr verlangt hat. Vielleicht möchten Sie *dazu* eine Erklärung abgeben, Mr. Mason.«

Mason warf einen Blick auf Selma Anson. Ihre Unterlippe zitterte.

Mason ging zur Tür. »Ich werde zur gegebenen Zeit den zuständigen Personen eine Erklärung geben«, sagte er. »Doch ich kann es nicht zulassen, daß Sie sich unter dem Vorwand, Informationen zu sammeln, in mein Büro einschleichen, um meine Mandantin unter Druck zu setzen.«

»Ich lasse mir von Ihnen keine Vorschriften machen, wie ich meine Ermittlungen zu führen habe«, versetzte Bolton hitzig.

Mason stand kerzengerade an der Tür. »Hinaus!« sagte er.

»Das wird Ihnen noch leid tun. Ich...«

»Hinaus!«

»Ihr Verhalten überzeugt mich«, sagte Bolton, »daß nicht Selbstmord vorliegt, sondern daß Anson ermordet wurde. Und Sie wissen das und versuchen, Ihre Mandantin zu decken.«

»Hinaus!« rief Mason zum drittenmal und näherte sich Bolton angriffslustig.

Bolton wandte sich um und eilte aus dem Büro.

Selma Anson zerrte ein Taschentuch aus ihrer Handtasche und begann zu weinen.

Mason warf Della Street einen vielsagenden Blick zu, nahm den Hörer seines Telefons ab und sagte: »Wir wollen unter keinen Umständen gestört werden, Gertie. Von niemandem.«

Der Anwalt kehrte zu seinem Sessel zurück, setzte sich und sagte voller Teilnahme: »Beruhigen Sie sich, Mrs. Anson. Der Mann legte es mit voller Überlegung darauf an, Sie so zu bedrängen, daß Sie sich zu einer belastenden Erklärung hinreißen ließen.«

Sie nickte. »Er hat mein ganzes Leben verpfuscht!«

»So«, meinte Mason noch immer teilnehmend, aber fest, »und jetzt erzählen Sie mir einmal von diesem ›Featherfirm‹. Ich weiß nicht, wieviel Zeit uns bleibt, ehe die Polizei eingreift. Darum ist es besser, wenn Sie mir alles erzählen.«

»Ich hatte ja keine Ahnung«, sagte sie. »Ich war ganz perplex.«

»Das sah ich«, erwiderte er. »Und Bolton wollte das natürlich als Bombe verwenden. So, und jetzt erzählen Sie einmal.«

»Als Bill noch lebte«, begann sie, »ging er ganz in seiner Arbeit auf. Ich war sehr viel allein. Wir hatten ein wunderschönes Haus in einem großen Park. Vögel gab es da natürlich in Mengen. Eines Tages kaufte ich mir ein Fernglas und begann, die Vögel zu beobachten; später fing ich an, gewisse Vögel zu präparieren. Nur zum Zeitvertreib. Wenn ich einen seltenen Vogel entdeckte, fing ich ihn und stopfte ihn für meine Sammlung aus.«

»Und wie machten Sie das?« wollte Mason wissen.

»Innerhalb der Stadtgrenzen konnte ich eine Schußwaffe nicht benutzen, aber ich arbeitete eine Vogelfalle aus, die recht gut funktionierte. Wenn ich Vögel fing, die ich nicht wollte, ließ ich sie wieder frei. Wenn aber einer, der mich interessierte, in der Falle gefangen war, dann tötete ich ihn und stopfte ihn aus. Und dazu benutzte ich ›Featherfirm‹. Es wurde mir von dem Geschäft empfohlen, wo ich meine Materialien kaufte.«

»Sie besorgten sich ziemlich große Mengen?« fragte Mason.

»Ja, mehrmals.«

»Und nach dem Tod Ihres Gatten?«

»Nach dem Tod meines Mannes«, sagte sie, »sah ich die Dinge in neuem Licht. Ich fing zwar noch einige Vögel, die mir in meiner

Sammlung fehlten, doch als ich sie herausnahm und in Händen hielt, brachte ich es nicht übers Herz, sie zu töten. Vorher berührte mich das gar nicht. Da ging es mir nur darum, den Vogel in die richtige Kategorie einzuordnen und... Nun, es war ja schließlich nur ein Vogel, und ich dachte mir damals eben nichts dabei, so einem Tier das Leben zu nehmen.«

»Nach dem Tod Ihres Gatten also gaben Sie Ihr Hobby auf?«

»Ja.«

»Und wo sind die Vögel, die Sie ausgestopft haben?«

»Noch in unserm alten Haus.«

»Viele?«

»Ungefähr fünfundvierzig bis fünfzig.«

»Verlangt es denn nicht viel Geschick und Können, Vögel so zu präparieren?« fragte Mason.

»Auch Geschick, Mr. Mason, aber in erster Linie Geduld. Ich mußte aus meinem verunglückten Versuchen und einem Sachbuch lernen. Hin und wieder gab man mir auch in dem Geschäft, wo ich meine Materialien kaufte, gewisse Hinweise. Meine ersten Versuche waren natürlich ziemlich ungelenk, aber einige der späteren Arbeiten sind wirklich gut. Ich hatte viel Geduld, mehr Zeit als genug und – nun ja, die Sache machte mir eben Freude.«

»Hm«, meinte Mason nachdenklich. »Mrs. Anson, ich muß Ihnen jetzt etwas sagen, das Sie erschrecken wird: Sie werden verhaftet und des Mordes an Ihrem Gatten angeklagt werden. Sie dürfen auf keinen Fall die Nerven verlieren und unter keinen Umständen irgendeine Aussage machen.«

Selma Anson starrte ihn ungläubig an. Ihr Blick verriet, daß sie einer Panik nahe war.

»Ruhig Blut, Mrs. Anson«, sagte Mason. »Ich bin Ihr Anwalt. Ich will, daß Sie klarsehen, denn die Dinge können sich jetzt sehr rasch zuspitzen. Dieser Bolton ist ein mit allen Wassern gewaschener Bursche. Ich bin der Überzeugung, daß er Hand in Hand mit der Staatsanwaltschaft arbeitet. Meiner Meinung nach führt er diese Untersuchung sogar auf Vorschlag der Behörden durch. Er hat nämlich als Versicherungsbeauftragter in vielen Dingen freie Bahn, wo die Behörden nichts unternehmen könnten. Die Behörden müßten Sie warnen und Sie auf Ihr Recht als Bürgerin der Vereinigten Staaten aufmerksam machen. Bolton, als Beauftragter der Versicherungsgesellschaft, kann sich hingegen jederzeit mit seinem versteckten Tonbandgerät bei Ihnen einschleichen und Ihnen eine Erklärung abluchsen, die später gegen Sie verwendet wird.«

Selma Anson blieb einige Sekunden stumm. Dann sagte sie nur ein Wort: »Mord?«

Mason nickte.

»Ich kann – ich könnte das nicht ertragen, Mr. Mason. Lieber würde ich sterben.«

»Sie dürfen jetzt nicht die Nerven verlieren.«

»Aber der Gedanke, daß ich meinen Mann ermordet haben soll... Ich könnte nie einen Menschen töten. Nie...«

»Es geht jetzt nicht darum, ob Sie schuldig sind oder nicht«, erklärte Mason. »Im Moment geht es nur um die Ereignisse, die auf uns zukommen. Ich bin ziemlich sicher, daß Bolton bereits am Telefon hängt und der Staatsanwaltschaft Bericht erstattet. Er wird ihnen sagen, daß er nicht weiterkommt, und die Behörde auffordern, zur Festnahme zu schreiten. Mrs. Anson, wenn irgend jemand den Versuch machen sollte, Sie ins Verhör zu nehmen, dann müssen Sie erklären, daß Sie durch einen Anwalt vertreten werden, dessen Anwesenheit bei allen Verhören Sie wünschen. Sagen Sie, daß ich Ihnen Anweisung gegeben habe, keine Fragen zu beantworten, wenn ich nicht zugegen bin, die Frage hören und Ihnen raten kann. Wollen Sie das tun?«

»Ja, natürlich, wenn mir nichts anderes übrigbleibt. Aber – aber, lieber Gott, Mr. Mason, das ist einfach zuviel für mich.«

»Ich weiß, ich weiß«, versicherte Mason. »Sie fahren jetzt nach Hause. Della Street wird Sie begleiten. Und dann warten wir den nächsten Schritt der Staatsanwaltschaft ab.«

»Kann Miss Street bei mir bleiben?«

»Das geht leider nicht«, antwortete Mason. »Doch sie kann Sie nach Hause bringen. Sie sind im Taxi gekommen?«

»Ja.«

Mason nickte Della Street zu. Die Sekretärin lächelte.

»Es wird schon alles gut werden, Mrs. Anson«, sagte sie. »Machen Sie sich keine Sorgen. Können wir gehen?«

Selma Anson stand auf und schritt zur Tür. Sie benahm sich wie in Trance. Della Street hielt ihr die Tür auf. Abrupt drehte sich Mrs. Anson plötzlich um. »Danke, Mr. Mason«, sagte sie. »Vielen Dank.«

Della Street nahm ihren Arm. Die Tür fiel hinter den beiden Frauen ins Schloß.

Mason wartete eine Weile, dann hob er den Telefonhörer und sagte zu Gertie: »Verbinden Sie mich mit Paul Drake.«

Gertie stellte die Verbindung her.

»Paul, hier Perry«, meldete sich Mason. »Della Street ist eben mit Selma Anson weggegangen, um sie nach Hause zu bringen. Laß die beiden beschatten.«

»Ich habe im Moment niemanden da. Macht es was aus, wenn du zehn bis fünfzehn Minuten warten mußt?«

»Nein, nein, das geht in Ordnung. Du hast ja Selma Ansons Adresse. Ich möchte Tag und Nacht einen Mann vor ihrer Tür wissen.«

7

Perry Mason wartete auf Della Street. Als er die Tür gehen hörte, drehte er sich um. »Wie war's, Della?«

»Ich wäre am liebsten bei ihr geblieben. Man sollte sie jetzt nicht allein lassen.«

»Hätte nicht gedacht, daß sie sich so aus der Fassung bringen läßt.«

»Da steckt wohl mehr dahinter, als wir ahnen«, versetzte Della. »Sie ist völlig außer sich. Glauben Sie, daß sie ihren Mann tatsächlich umgebracht hat?«

»Das kann man jetzt noch nicht sagen, Della«, erwiderte Mason. »Auf jeden Fall hat sie ein Recht auf Verteidigung.«

»Aber irgend etwas«, beharrte Della Street, »vielleicht die Enthüllung des Versicherungsbeauftragten, daß sie ein Arsenpräparat verwendete, hat sie vollkommen aus dem Gleichgewicht gebracht.«

»Das ist leicht zu verstehen«, meinte Mason. »Ihr Mann war offensichtlich Großverdiener. Doch ebenso großzügig hat er sein Geld wahrscheinlich auch ausgegeben. Als er starb, stand Selma Anson mit leeren Händen da. Die Zahlung der Versicherung war das einzige, was ihr blieb. Sie investierte das Geld und hat inzwischen offenbar eine halbe Million zusammen.«

Della Street nickte. »Und trotzdem möchte ich nicht mit ihr tauschen. Lassen Sie sie eigentlich überwachen?«

Mason nickte. »Tag und Nacht.«

»Sollten wir ihr nicht Bescheid geben, daß sie überwacht wird?«

Mason schüttelte den Kopf. »Jetzt nicht. Ehrlich gesagt, Della, ich möchte selbst wissen, was sie jetzt tut. Wenn sie jemanden aufsucht, will ich wissen, wen. Und wir wollen inzwischen ein bißchen arbeiten, Della. Wie wär's?«

Mason begann zu diktieren. Bis drei Uhr nachmittags arbeiteten sie ohne Unterbrechung. Dann klingelte das Telefon, dessen Nummer geheim war.

Della Street hob fragend die Brauen. Mason nickte.

Della hob ab. »Hallo? ... Ja, Paul... Um welche Zeit? ... Aha. Ich verbinde mit Perry.«

Mason nahm den Hörer. »Was gibt's denn, Paul?«

»Selma Anson hat ihre Wohnung verlassen«, berichtete Paul, »nahm ein Taxi und fuhr zur Zweigstelle der *Business and Professional Men's Bank* in der 7. Straße. Sie hielt sich ungefähr eine halbe Stunde in der Bank auf, kam dann wieder heraus und ließ sich direkt nach Montrose Heights fahren.«

»Montrose Heights, das kommt mir bekannt vor«, sagte Mason.

»Dort wohnt George Findlay«, erläuterte Drake.

»Wird Findlay schon beschattet?«

»Noch nicht.«

»Selma Anson nahm ein Taxi, Paul?«

»Richtig.«

»Hat sie das Taxi warten lassen?«

»Ja.«

»Und dein Mann hat sie beobachtet?«

»Ja. Sie ging hinein und blieb ungefähr zwanzig Minuten drinnen. Dann erschien sie wieder, stieg in ihr Taxi und befindet sich im Moment auf dem Weg nach La Brea. Mein Detektiv meint, sie wäre auf dem Weg zum Flughafen. Es sind jetzt nur noch knapp zwei Kilometer bis dahin.«

»Kannst du dich mit deinem Mann in Verbindung setzen?« fragte Mason.

»Ja, er hat Telefon im Wagen.«

»Er darf sie unter keinen Umständen verlieren«, sagte Mason. »Sag ihm, er soll ruhig direkt vor dem Flughafen parken, auch wenn er mit einem Strafmandat rechnen muß. Auf keinen Fall darf er Selma Anson aus den Augen verlieren.«

»Werd's ihm ausrichten«, versprach Drake.

»Und halt mich auf dem laufenden, Paul«, bat Mason.

»Schlimm?« fragte Della Street.

»Schlimm«, bestätigte Mason.

»Wie schlimm?«

»Sie fuhr zur Bank«, berichtete Mason, »kam wieder heraus, fuhr zu George Findlay und ist jetzt anscheinend auf dem Weg zum Flughafen.«

»Lieber Himmel, sie wird doch nicht versucht haben, ihn mit Geld zum Schweigen zu bringen? Glauben Sie, daß sie auf der Flucht ist?«

»Wenn das der Fall ist«, stellte Mason fest, »haben wir verspielt. Ein Fluchtversuch gilt als Eingeständnis der Schuld. Bolton kann beweisen, daß er sie praktisch des Mordes beschuldigt hat, und wenn sie danach die Flucht ergriff – Sie sehen ja selbst, was das bedeuten würde.«

»Ich kann mir so was nicht vorstellen«, wandte Della ein. »Sie ist eine ausgeglichene Persönlichkeit, eine zielstrebige Geschäftsfrau.«

»Sie war so lange ausgeglichen, bis die Sache mit dem Arsen ans Licht kam«, versetzte Mason. »Dann verlor sie die Nerven. Was für einen Eindruck machte sie, als Sie mit ihr nach Hause fuhren?«

»Sie schien einem hysterischen Anfall nahe«, antwortete Della Street, »und zitterte wie Espenlaub. Als wir zu ihrer Wohnung kamen, bebte ihre Hand so, daß sie kaum den Schlüssel ins Schloß stecken konnte.«

»Vergessen Sie das lieber.«

Della Street lächelte. »Meine Berichte sind für Ihre Ohren bestimmt – ausschließlich.«

»Braves Kind«, lobte Mason. Dann stand er auf und wanderte ruhelos auf und ab. Dellas besorgte Blicke folgten ihm.

»Hm«, meinte Mason nach einer Weile, »während wir warten, könnten wir eigentlich ein bißchen an diesem Schriftsatz arbeiten. – Oh, in drei Teufels Namen, Della, ich kann mich nicht konzentrieren. Ich hab' das Gefühl, wir rasten mit voller Fahrt auf einen Abgrund zu.«

»Wir könnten doch wenigstens den Versuch machen, das aufzuarbeiten«, schlug Della vor. »Es wird sicher noch fünf bis zehn Minuten dauern, ehe wir etwas hören.«

Mason seufzte und kehrte zum Schreibtisch zurück. »Na schön, Della. Wo waren wir stehengeblieben?«

Della las den letzten Absatz, den Mason diktiert hatte.

Mason machte zwei fruchtlose Versuche, seine Gedanken zu sammeln und in Worte zu fassen, und gab dann auf.

Er schob seinen Stuhl zurück. »Irgend etwas haben wir übersehen«, brummte er. »Irgend etwas, das...«

Das Telefon läutete. Mason beugte sich hastig vor und hob ab. »Ja, Paul?«

Paul Drakes Stimme klang sachlich. »Selma Anson bezahlte das Taxi, rannte ins Flughafengebäude, ging gar nicht erst zu einem Schalter, sondern direkt zu den Flugsteigen. Unser Detektiv folgte ihr. Sie eilte an allen Flugsteigen vorbei, wo Passagiere noch warteten. Erst an einem, wo die Leute bereits an Bord gingen, blieb sie stehen. Sie musterte die Passagiere und ging dann auf ein junges Mädchen zu. ›Wäre es Ihnen hundertfünfzig Dollar wert, mir Ihre Flugkarte zu verkaufen?‹ fragte sie. ›Ich zahle Ihnen den vollen Preis und dazu eine Prämie von einhundertfünfzig Dollar.‹ Das Mädchen packte die Gelegenheit natürlich am Schopf. Selma Anson nahm das Ticket, riß die Gepäckscheine ab, gab sie der jungen Frau und ging mit den anderen Passagieren zusammen an Bord. Unser Mann versuchte ebenfalls einzusteigen, aber man ließ ihn ohne Ticket nicht durch. Das Personal behauptete, die Maschine wäre voll. Daraufhin nahm er die Frau ins Gebet, die Selma Anson ihren Flugschein verkauft hatte. Es handelt sich um eine gewisse Helen Ebb, North Hamster Drive Nummer 34. Ihr Ticket war auf einen Flug nach El Paso in Texas ausgestellt. Mit Zwischenlandung in Tucson, Arizona.«

»Paul«, sagte Mason, »ruf eure Filiale in El Paso an. Gib ihnen eine Beschreibung von Selma Anson, die Luftfahrtgesellschaft, die Flugnummer und... Waren den Passagieren eigentlich feste Plätze zugewiesen?«

»Ja. Helen Ebb hatte Sitz Nummer 7A.«

»Und die Maschine macht Zwischenlandung in Tucson?«

»Richtig.«

»Dann veranlasse, daß in Tucson jemand zusteigt und sie überwacht«, bat Mason. »Bestich meinetwegen das Bodenpersonal und die Stewardeß. Wir dürfen Selma Anson nicht aus den Augen verlieren.«

»Geht in Ordnung.«

Mason legte auf und wandte sich Della Street zu. »Gehen Sie ins Vorzimmer, Della, und hängen Sie sich ans Telefon. Rufen Sie mit Gertie sämtliche Luftfahrtgesellschaften an. Stellen Sie fest, wann die nächste Maschine nach El Paso abgeht. Jede Minute ist kostbar. Ich laufe schnell auf einen Sprung zu Paul hinauf.«

Della Street nickte, packte ihren Stenoblock und eilte ins Vorzimmer.

Mason hastete durch den Flur zu Paul Drakes Büro.

Dort riß er die Tür zum Vorzimmer auf und rief der Empfangsdame zu: »Hat Paul jemanden drin?«

Sie schüttelte den Kopf.

»Geben Sie ihm Bescheid, daß ich komme«, sagte Mason, während er die Tür aufstieß, die in das Labyrinth unzähliger Büroboxen führte.

Am Ende des Korridors hatte Drake sein Hauptquartier. Mason stürzte hinein. Der Raum bot gerade genug Platz für Paul Drakes hochgewachsene Gestalt, einen Schreibtisch mit vier Telefonapparaten, zwei Stühle und einen Aktenschrank.

Mason kam sogleich zur Sache. »Paul, laß Selma Anson von deinem Detektiv verfolgen, wenn sie die Maschine verläßt. Sie wird wahrscheinlich weiter unter dem Namen reisen, auf den das Ticket ausgestellt ist.«

»Vielleicht steigt sie schon in Tucson aus«, bemerkte Drake.

»Die Karte lautet doch auf El Paso?« fragte Mason.

»Richtig.«

»Dann tippe ich auf El Paso. Wenn ich mich nicht gewaltig irre, liegt ihr sehr daran, eine möglichst große Entfernung zwischen sich und Los Angeles zu legen. Vielleicht fliegt sie von El Paso gleich nach Mexico City weiter. Wir müssen sie unbedingt überwachen. Della und ich fliegen nach El Paso und rufen dich an, sobald wir angekommen sind. Zieh deine Leute von Findlay und Baird ab. Man hat uns im Moment leider etwas in die Defensive gedrängt. Bleib am Telefon, bis du von uns hörst. Okay?«

Drake griff nach dem Telefon. »Okay«, bestätigte er. »Wieder einmal eine schlaflose Nacht. Nicht mal ein anständiges Abendessen kann ich mir leisten. Die heißen Würstchen hab' ich allmählich satt, das kannst du mir glauben. Viel Vergnügen, Perry.«

Mason winkte ihm zu und eilte hinaus.

Als der Anwalt wieder in sein Büro kam, erschien auch Della Street aus dem Vorzimmer. »Am schnellsten schaffen wir's, wenn wir nach Phoenix fliegen und dort die Anschlußmaschine von Las Vegas nach El Paso erreichen. Gertie macht schon die Buchungen.«

»Rufen Sie Pinky an«, sagte Mason.

»Mit Pinky hab' ich schon gesprochen«, erwiderte Della Street. »Sie kommt mit ihrer Maschine nach Burbank. Dort erwartet sie uns.«

»Gut, dann nichts wie los«, rief Mason, riß seinen Hut von der Garderobe und eilte zur Tür.

8

Pinky Brier, die Pilotin, die Mason für alle seine Charterflüge innerhalb der Vereinigten Staaten engagierte, wirkte auf den ersten Blick wie eine sorglose junge Frau, die mit einem verständnisvollen und nachsichtigen Mann verheiratet war.

Doch bei näherem Hinsehen entdeckte man die Kraft in ihren wohlgeformten Händen, die eiserne Energie in ihren Augen. Und trotzdem hätte selbst der beste Beobachter nicht erraten, daß sie während des Krieges Maschinen über den Atlantik geflogen hatte, daß sie angehende Flieger ausgebildet hatte und die meiste Zeit ihres Lebens in der Luft verbrachte, während ihr Mann, ein erstklassiger Flugzeugmechaniker, der sie auf Händen trug, dafür sorgte, daß jede Maschine, die sie flog, bis aufs I-Tüpfelchen überholt war.

Pinky setzte gerade zu einer vorbildlichen Landung an, als Mason am Rollfeld parkte. Sie ließ die Maschine ausrollen, entdeckte Mason und Della, steuerte die Zweimotorige auf sie zu und stellte dann einen Motor ab. Sie öffnete die Tür, Mason und Della Street kletterten an Bord. Pinky ließ den Motor wieder an, setzte sich mit dem Kontrollturm in Verbindung und steuerte die kleine Maschine zur Startbahn.

»Phoenix?« fragte sie.

»Ja«, bestätigte Mason. »Und eiligst. Wir wollen die Anschlußmaschine nach El Paso erreichen. Wenn wir das nicht schaffen, müssen Sie uns nach El Paso befördern.«

»Keine Sorge«, versicherte Pinky. »Das schaffen wir.«

Sie ließ die Motoren aufheulen, setzte die Bremsklappen in Aktion, ließ sich ihre Startanweisungen geben, und schon hob sich die Maschine in die Lüfte.

Della Street lehnte sich zurück. »Das hätten wir geschafft«, stellte sie fest.

Pinky erhöhte die Geschwindigkeit. Sie überflogen Los Angeles, das in bläulichen Dunst gehüllt dalag, und näherten sich den zu ihrer Linken hochragenden Bergen. Die Strahlen der Nachmittagssonne warfen lange Schatten auf die Täler und Hügel unter ihnen.

»Sie haben Glück gehabt, daß Sie mich erwischt haben«, sagte Pinky. »Ich bin eben erst aus Las Vegas zurückgekommen.«

Mason öffnete seine vollgestopfte Aktentasche und nahm ein Transistorradio heraus.

»Stört es Ihre Funkverbindung, wenn ich mir die Nachrichten anhöre?« fragte er.

Pinky schüttelte den Kopf. »Tun Sie sich keinen Zwang an.«

Der Sprecher gab einen kurzen Bericht über die Weltlage, sprach dann über einen Verkehrsunfall, der fünf Menschenleben gefordert hatte, und fuhr fort: »Eine wohlhabende Witwe aus Los Angeles, die von der Polizei in Zusammenhang mit dem Tod ihres Mannes vor etwa dreizehn Monaten verhört werden sollte, ist heute unter mysteriösen Umständen verschwunden. Nachforschungen haben ergeben, daß sie zunächst einen verhältnismäßig großen Betrag von ihrem Bankkonto abhob und dann in einem Taxi zum Flughafen fuhr. Am Flughafen jedoch scheint sie spurlos verschwunden zu sein. Es ließen sich keine Beweise dafür finden, daß sie unter ihrem eigenen Namen per Flugzeug die Stadt verließ. Die Polizei ist der Auffassung, daß sie sich eines angenommenen Namens bediente. In diesem Staat gilt ein Fluchtversuch als Beweis der Schuld. Die Frau wird von der Staatsanwaltschaft dringend gesucht. Die Polizei verweigerte jeglichen Kommentar über den Fall. Bei der Staatsanwaltschaft erklärte man unserem Reporter nur, daß die Frau verhört werden soll. Als unser Reporter gezielte Fragen stellte, lächelte der Vertreter der Staatsanwaltschaft rätselhaft und sagte nur: ›Kein Kommentar.‹«

Mason schaltete das Radio aus, steckte es wieder in seine Aktentasche und wandte sich Della Street zu.

»Das war's wohl, was Sie hören wollten?« erkundigte sich Pinky.

»Das war's«, bestätigte Mason.

»Und Sie wollen der Polizei zuvorkommen?«

»Ich hoffe es.«

Pinky durchflog den Gebirgspaß. Zur Linken erhob sich majestätisch der San Gorgonio, zur Rechten der San Jacinto. Dann überflogen sie Palm Springs.

Mason deutete hinunter auf eine Reihe von Palmen, die kerzengerade wie Soldaten nebeneinander aufgereiht standen.

Pinky nickte. »San Andreas.«

»Das Ursprungsgebiet der Erdbeben?« fragte Della Street.

»Richtig.«

»Wie können hier Bäume gedeihen?«

»Aus irgendeiner unterirdischen Quelle werden sie mit Wasser versorgt«, erklärte Mason. »Da drüben im Zwielicht können Sie den Salton-See glitzern sehen. Er liegt sechzig Meter unter Meereshöhe. Seltsame Erscheinungen gibt es in der Wüste.«

»Ich weiß, wie Sie die Wüste lieben«, sagte Della Street, »aber könnten Sie sich jetzt nicht ein bißchen entspannen und vielleicht ein paar Minuten schlafen?«

Mason schüttelte den Kopf. »Ich bin zu unruhig, Della.«

»Was glauben Sie, warum Selma Anson diese Dummheit gemacht hat?« fragte sie.

»Wir wissen, daß sie George Findlay aufsuchte«, erwiderte Mason, »und mir schwant schon, daß George Findlay der Bösewicht in diesem Stück ist. Doch ganz gleichgültig, was Selma zu dieser Torheit veranlaßte: wir müssen sie erreichen, bevor die Polizei sie aufspürt.«

»Und was tun wir, wenn wir sie gefunden haben?«

»Da muß ich mir erst noch etwas einfallen lassen«, antwortete Mason.

»Sie fuhr zum Flughafen«, sprach Della Street weiter, »kaufte einer völlig Fremden ihren Flugschein ab und zahlte dafür noch eine Prämie von hundertfünfzig Dollar. Das sieht doch wirklich ganz danach aus, als hätte sie die Flucht ergriffen. Vielleicht will sie nach Südamerika.«

Mason zuckte die Schultern. »Die Menschen tun seltsame Dinge«, meinte er. »Als Anwalt muß man mit allerhand rechnen.

Beispielsweise verschweigt fast jeder Mandant irgendeine entscheidende Tatsache. Er stellt sein eigenes Urteil über das des Anwalts und tut dann irgendeinen unvernünftigen Schritt, der seine Lage wesentlich beeinflußt, ohne den Anwalt um seine Meinung zu fragen. Abgesehen davon, kann man einfach nicht im voraus sagen, was ein Mandant tun wird. Es sind unberechenbare Leute.«

Pinky lachte. »Vergessen Sie nicht, daß ich auch eine Ihrer Mandantinnen bin, Perry.«

»Und Sie sind ebenso unberechenbar«, konterte Mason.

»Ich tu' mein Bestes«, versetzte Pinky.

Eine Zeitlang herrschte Schweigen in der kleinen Maschine. Mason blickte fasziniert zum Fenster hinaus und vertiefte sich in die Betrachtung der Wüste, der ständig wechselnden Bilder und Formen.

»Ich wäre ein schlechter Pilot«, bemerkte er schließlich.

»Warum?« fragte Pinky.

»Ich lasse mich zu leicht von der Landschaft fesseln, besonders von einer Wüstenlandschaft.«

»Weiß ich«, erwiderte Pinky. »Aber die meisten Passagiere langweilt das. Sie meinen, da unten wären nur lauter Sandhaufen.«

Die Abenddämmerung wurde von den ersten Schatten der Nacht abgelöst, als sie den Colorado überflogen. Masons innere Spannung löste sich ein wenig. Er lehnte den Kopf zurück und schloß die Augen.

Pinky sagte leise zu Della: »Wir werden es schaffen. Die Maschine aus Las Vegas hat zehn Minuten Verspätung.«

Mason richtete sich ruckartig auf. »Wir schaffen es?« fragte er.

»Ja.«

Mason ließ sich wieder zurücksinken.

Die Motoren brummten ruhig und gleichmäßig durch die zunehmende Dunkelheit. Pinky tastete behutsam mit der Hand nach Masons Sicherheitsgurt und nickte Della Street zu. Dann fuhr sie die Landeklappen aus, und die Maschine senkte sich hinunter zum Flughafen von Phoenix.

Mason fuhr hoch, als das Flugzeug zur Landung ansetzte. Er griff nach seiner Aktentasche.

»Sie haben fünf Minuten, um Ihre Anschlußmaschine zu erreichen«, sagte Pinky. »Sie landet gerade. Aber es wird mindestens fünf Minuten dauern, ehe sie wieder startet. Freut mich, daß wir's geschafft haben, wenn's mir auch leid tut, daß ich Sie nicht nach El Paso fliegen kann.«

»Mit der Düsenmaschine geht's schneller, und das ist wichtig«, sagte Mason. »Sonst wären wir natürlich viel lieber mit Ihnen geflogen.«

Die Maschine rollte auf Position, Mason und Della Street kletterten heraus. »Ich besorge die Flugscheine, Perry«, sagte Della und eilte in die Halle.

Pinky winkte Mason vom Cockpit aus abschiednehmend zu, ließ die Motoren aufheulen und kurvte wieder zur Startbahn.

Die große Düsenmaschine aus Las Vegas rollte langsam auf das Flughafengebäude zu, machte eine Wendung und folgte den Lichtsignalen des Einwinkers. Dann hielt sie an.

Della Street kam aus der Halle geeilt.

»Das hätten wir«, rief sie. »Gott sei Dank haben wir kein Gepäck. Das erleichtert vieles.«

Sie gingen an Bord und machten es sich bequem. Mason stellte den Sitz nach hinten und sagte: »Okay, Della, wir haben's geschafft.«

»Hoffentlich kommen wir rechtzeitig.«

»Das kann man natürlich nicht wissen«, meinte Mason. »Die Radiodurchsage wird die Dinge ins Rollen bringen. Diese Helen Ebb, die Selma Anson ihren Flugschein verkaufte, wird inzwischen dahintergekommen sein, daß sie nicht ganz unbeteiligt ist, und sich wahrscheinlich mit der Polizei in Verbindung setzen. Wir haben jedenfalls alles getan.« Er schloß die Augen. »Jetzt können wir ein bißchen Atem schöpfen.«

Die große Maschine setzte sich in Bewegung und blieb am Anfang der Startbahn stehen. Die Motoren donnerten, erschütterten das Flugzeug mit ihrer Kraft. Dann schoß die Maschine plötzlich vorwärts, hob sich vom Boden ab und stieg steil empor.

Mason schlief, als sie zur Landung in El Paso ansetzten. Della Street stieß ihn sachte an.

»Wir landen gleich, Perry«, sagte sie.

Mason schlug die Augen auf und schüttelte brummend den Kopf. Dann lächelte er. »Danke, Della.«

»Perry«, sagte sie, »wenn die Polizei nachweisen kann, daß Selma Anson den Flugschein von dieser Helen Ebb kaufte und unter falschem Namen reiste, und wenn sie vielleicht so unklug war, sich in El Paso unter falschem Namen einzuschreiben, was können wir dann noch tun?«

»Wir werden unseren ganzen Einfallsreichtum brauchen, Della«, erwiderte Mason. »Aber bis jetzt wissen wir ja noch gar nicht, ob sie überhaupt hier ist. Vielleicht ist sie nach Mexiko weitergeflogen. Sie kann auch mit einer anderen Maschine nach Osten oder Westen gereist sein, möglicherweise sogar zurück nach Las Vegas.«

»Na, Ihnen wird schon was einfallen«, meinte Della Street zuversichtlich. »Ich verlasse mich da ganz auf Sie.«

Das Fahrwerk berührte den Boden.

»Della«, sagte Mason, »sausen Sie zum nächsten Telefon und rufen Sie Paul Drake an. Ich will ihn sprechen.«

Della Street nickte, drängte sich durch den schmalen Gang zwischen den Sitzbänken und ging als eine der ersten von Bord. Mason folgte mit dem Schwarm der anderen Fluggäste und bahnte sich einen Weg zu den Telefonzellen. Als er Della entdeckte, blieb er abwartend stehen. Nach einiger Zeit nickte sie ihm zu, öffnete die Tür und reichte ihm den Hörer.

»Paul am Apparat.«

»Hallo, Paul«, sagte Mason. »Was gibt's Neues?«

»Seid ihr in El Paso?«

»Ja.«

»Selma Anson steckt auch in El Paso. Sie stieg im *Paso del Norte* ab und schrieb sich unter dem Namen Helen Ebb ein. Jetzt ist sie auf ihrem Zimmer. Einer meiner Leute überwacht sie.«

»Wunderbar«, stellte Mason fest. »Kannst du mit deinem Detektiv Verbindung aufnehmen?«

»Ja, ich kann ihn ans Telefon rufen lassen.«

»Tu das«, riet Mason. »Er soll heimfliegen. Welche Zimmernummer hat sie?«

»Vierzehn siebenundzwanzig.«

»Hast du dein heißes Würstchen schon intus?«

»Noch nicht. Allein bei dem Gedanken verschlägt's mir den Appetit.«

»Na, dann geh mal los und spendier dir ein lukullisches Abendessen. Ich löse dich hiermit ab«, sagte Mason.

9

Mason hielt Della Street die Tür, und sie betraten das Foyer des *Paso Del Norte.*

»Sehen wir uns doch erst einmal kurz um«, meinte Mason. »Das ist das Stammhotel der Rinderzüchter«, erklärte er. »Hier wird gehandelt und gefeilscht und praktisch der Fleischpreis auf dem Weltmarkt bestimmt.«

»Wozu machen wir eigentlich diesen Rundgang?« erkundigte sich Della Street.

»Ich hoffe, daß mir dabei ein Einfall kommt«, erwiderte Mason. »Wir müssen...« Er brach ab, als aus einem der Räume, die sich an das Foyer anschlossen, brausender Beifall ertönte.

Mason trat zum Empfang. »Haben Sie hier eine Tagung?« fragte er.

Der Angestellte am Empfang schüttelte lächelnd den Kopf. »Im Moment nicht.«

»Und wo kommt der Applaus her?«

»Von einem Bankett.«

»Was für einen?«

»Vom Internationalen Austausch-Klub. Das ist eine Vereinigung prominenter Geschäftsleute von diesseits und jenseits der Grenze. Man trifft sich regelmäßig alle zwei, drei Monate, erneuert alte Bekanntschaften beim Abendessen, tauscht Ideen aus und schwingt Reden.«

»Das«, erklärte Mason, »ist der Verein, den ich gesucht habe. Ich war mir nur nicht ganz klar, wo die Zusammenkunft stattfinden sollte.«

»Das Treffen ist diesmal hier.«

»Vielen Dank.«

Er nickte Della Street zu und steuerte auf die Aufzüge zu.

»Das ist genau das richtige«, sagte er zu Della.

Nachdem Mason sich orientiert hatte, schritt er voraus zu dem Zimmer, das Selma Anson unter dem Namen Helen Ebb bewohnte. Er klopfte.

Von drinnen kam kein Laut.

Mason klopfte noch einmal – lauter diesmal.

Selma Ansons Stimme klang ängstlich. »Wer ist da?«

»Perry Mason«, antwortete der Anwalt. »Lassen Sie uns ein.«

Sie sperrte die Tür auf und starrte Mason und Della Street aus aufgerissenen Augen an.

Mason drängte sich ins Zimmer, wartete, bis Della Street eingetreten war, und schlug dann die Tür hinter ihr zu.

»Was soll das alles?« wandte er sich an Selma Anson.

»Ich – ich... Das kann ich Ihnen nicht sagen.«

»Dann müssen Sie sich einen anderen Anwalt suchen«, versetzte Mason. »Und wenn die Dinge so liegen, wie ich vermute, dann wird der andere Anwalt nicht mehr viel tun können, höchstens Ihnen Geld abnehmen.«

»Was vermuten Sie denn?«

»Ich vermute, daß Sie versucht haben zu fliehen.«

Sie schüttelte den Kopf. »Ich wollte nicht fliehen, nur eine Zeitlang verschwinden.«

»Was soll das heißen?«

»Ich habe mit jemandem gesprochen, der mir sehr schaden kann, und bin mit dieser Person zu einer Vereinbarung gelangt. Dieser Vereinbarung zufolge erklärte ich mich bereit, auf einige Zeit zu verschwinden und...«

»Sie haben sich an der Nase herumführen lassen«, unterbrach Mason. »Sie haben mit George Findlay gesprochen, nicht wahr? Er behauptete, er könnte Sie ruinieren, und sagte wahrscheinlich, es wäre ihm gleichgültig, ob Sie nun Ihren Mann getötet hätten, oder nicht; es wäre ihm auch gleich, was hinsichtlich der Versicherung geschähe. Ihm ginge es allein darum, Ihre Heirat mit Delane Arlington zu verhindern. Er versicherte Ihnen, daß er Ihnen helfen und beistehen würde, wenn Sie sich bereit erklärten, auf einige Zeit zu verschwinden und jede Verbindung mit Delane Arlington abzubrechen. Wenn Sie dazu nicht bereit wären, würde er der Polizei leider einige Mitteilungen machen müssen.«

Mason schob Della Street einen Sessel hin und ließ sich auf dem Bettrand nieder. Selma Anson sank auf einen Stuhl, als hätten die Beine ihr plötzlich den Dienst versagt.

»Woher wissen Sie das alles?«

»Jeder Anwalt, der genug Grips besitzt, um sein Staatsexamen zu bestehen, hätte sich das ausrechnen können«, versetzte Mason. »Sie fuhren zu Ihrer Bank, hoben eine ziemlich große Summe ab und suchten dann George Findlay auf. Danach fuhren Sie zum Flughafen. Sie machten keine Buchung für einen bestimmten Ort, warteten nicht auf eine bestimmte Maschine. Statt dessen suchten Sie sich einen Flug aus, der schon abgerufen war, nämlich den nach El Paso. Und damit stand Ihr erstes Ziel fest. Sie sahen sich die Passagiere an, die im Begriff waren, an Bord zu gehen, und entdeckten eine junge Frau, die Ihnen geeignet schien. Sie boten ihr eine Belohnung von hundertfünfzig Dollar an, wenn sie Ihnen ihr Flugbillett verkaufte. Die Frau packte die Gelegenheit beim Schopf; sie hieß übrigens Helen Ebb. Sie reisten daraufhin unter ihrem Namen. Vom Flughafen in El Paso fuhren Sie mit einem Taxi zu diesem Hotel. Sie hatten kein Gepäck und erzählten dem Portier wahrscheinlich irgendeine Geschichte, machten ihm weis, das Gepäck käme nach oder so ähnlich. Wahrscheinlich hatten Sie vor, morgen hier einige Sachen einzukaufen und dann Ihre Reise fortzusetzen – über Mexico City nach Südamerika. Sie waren entschlossen, sich bis aufs I-Tüpfelchen an die Abmachung zu halten. George Findlay aber hatte von Anfang an nicht die Absicht, die Spielregeln einzuhalten. Kaum hatten Sie die Stadt verlassen, da informierte Findlay die Polizei, daß Sie geflohen wären. Ich darf Sie darauf hinweisen, daß im Staat Kalifornien ein Fluchtversuch als Schuldbekenntnis gewertet wird. In einem Strafprozeß kann dies gegen den Beklagten verwendet werden. Sie haben Ihren Feinden in die Hände gespielt, Mrs. Anson. Jetzt hat die Staatsanwaltschaft alle Trümpfe in der Hand.«

»Mein Gott, woher wissen Sie denn das alles?« fragte sie.

Mason zuckte die Schultern. »Sagen Sie mir lieber, wieviel Geld Sie abgehoben haben.«

»Sechzigtausend Dollar.«

»Große Scheine?«

»Hunderter.«

»Geben Sie mir zweitausend«, sagte Mason. »Sie werden das Geld aber nie wiedersehen. Ich will versuchen, Sie herauszupauken. Della Street bleibt bei Ihnen, bis ich wieder zurück bin. Es dauert nicht länger als eine halbe Stunde.«

»Was haben Sie vor?«

»Ich sage doch: Ich will versuchen, Ihnen zu helfen.«

»Bestechung?«

»Ausgeschlossen«, versetzte Mason. »Ich bin ein beim Gericht zugelassener Anwalt. So etwas kann ich mir doch nicht erlauben. Nein, unten findet eine Tagung des Internationalen Austausch-

Klubs statt. Ich hoffe von ganzem Herzen, daß da auch ein Journalist anwesend ist und daß er ein bißchen Köpfchen hat.«

Mason sah auf seine Uhr.

»Wir haben nicht viel Zeit«, bemerkte er. »Geben Sie mir die zweitausend.«

Selma Anson nahm ihre Handtasche; sie war vollgestopft mit Geldscheinen. Hastig zählte sie zwanzig Hundertdollarnoten ab.

»Warten Sie hier, Della«, sagte Mason und eilte zur Tür.

»Haben Sie eine Ahnung, was er vorhat?« wandte sich Selma Anson an Della Street, nachdem der Anwalt verschwunden war.

Della Street schüttelte den Kopf. »Wenn ich nicht irre, werden Sie bald von einem Reporter interviewt werden. Machen Sie sich ein bißchen frisch, Mrs. Anson. Ich bestelle inzwischen ein paar Cocktails. Dann sind wir vorbereitet, wenn Mr. Mason wiederkommt.«

10

Mason ging zum Empfang. »Wo findet das Bankett des Internationalen Austausch-Klubs statt?« fragte er.

»Gleich neben dem großen Speisesaal hier drüben. Erste Tür links.«

»Ist die Presse auch da?«

»O ja, es waren zwei Reporter hier. Ich glaube, einer ist gegangen, aber der andere ist noch da.«

»Danke.« Mason eilte durch den Speisesaal in das Nebenzimmer, wo das Festessen stattfand. Etwa fünfundsiebzig Gäste lauschten einem Sprecher, der einen Vortrag über die gutnachbarlichen Geschäftsbeziehungen zwischen Mexiko und den Vereinigten Staaten hielt.

Mason blieb unauffällig in einer Ecke des Raums stehen, bis der Sprecher zum Schluß kam und dankend den Beifall der Gäste entgegennahm. Dann drängte sich Mason zum Podium vor, wo das Mikrofon stand, und trat zu dem Mann, der offenbar der Vorsitzende des Vereins war und die Sprecher einführte.

»Mein Name ist Mason«, sagte er. »Ich bin Rechtsanwalt und eben aus Los Angeles angekommen. Ich wollte eigentlich schon früher hier sein, aber ich verpaßte meine Maschine. Ihrer Vereinigung habe ich eine wichtige Botschaft zu überbringen. Es dauert höchstens fünf Minuten.«

»Mr. *Perry* Mason?« fragte der Vorsitzende.

»Richtig.«

Das Gesicht des Mannes strahlte. »Ich habe von Ihnen gehört. Es ist mir ein Vergnügen, Sie kennenzulernen.«

Der Mann hob die Hand, und sogleich kehrte Ruhe ein.

»Verehrte Anwesende«, sagte er ins Mikrofon, »ich möchte Ihnen einen Rechtsanwalt aus Los Angeles vorstellen, der eine wichtige Nachricht für uns hat. Ich denke, wir alle haben schon von Perry Mason, dem berühmten Strafverteidiger, gehört. Mr. Mason wollte schon früher hier eintreffen, doch dringende Geschäfte verzögerten seine Abreise, so daß er eine spätere Maschine nehmen mußte. Er hat mich gebeten, in seinem Namen die Mitglieder unseres Verbandes um Verständnis zu bitten und ihm fünf Minuten das Wort zu erteilen.« Der Sprecher wandte sich Perry Mason zu und reichte ihm die Hand. »Meine Herren, hier kommt Mr. Perry Mason.«

Begeisterter Applaus rauschte auf. Ein Gast stand auf, die anderen taten es ihm nach, und so wurde Mason eine Ovation zuteil.

Der Anwalt ließ sie lächelnd über sich ergehen. Als die Gäste sich wieder niedergelassen hatten, begann er zu sprechen. »Meine Herren, ich will es kurz machen. Ich habe eine Mandantin, eine sehr wohlhabende Dame aus Los Angeles, die ihren Namen nicht genannt wissen möchte. Sie ist darauf bedacht, ihr Inkognito unter allen Umständen zu wahren. Ich darf Ihnen nur sagen, daß sie unter angenommenem Namen hierher gereist ist. Aber sie hat mich gebeten, in ihrem Namen für sie zu sprechen. Meiner Mandantin ist klar, daß für die Freundschaft und Verständigung der Völker untereinander nicht genug getan werden kann. Wir haben eine Ära der internationalen Zusammenarbeit erreicht. Gewalt und Unterdrückung sind als Mittel zur Errichtung wirtschaftlicher Großmacht überholt. Ein neuer Modus muß gefunden werden. Friedliche Zusammenarbeit der Völker, Freundschaft und Verstehen müssen den Platz selbstsüchtiger Machtpolitik einnehmen, die in der Vergangenheit das Verhältnis der Nationen untereinander bestimmt hat. Meine Mandantin hat eine Reihe von Organisationen, die im wahrsten Sinne des Wortes zur Völkerverständigung beitragen, einer eingehenden Überprüfung unterzogen. Sie ist zu dem Schluß gelangt, daß Sie, meine Herren, echte Förderer der Völkerverständigung und friedlichen Zusammenarbeit sind. Mit einem Wort, meine Mandantin hat mich beauftragt, Ihnen heute abend in ihrem Namen die Summe von zweitausend Dollar zu überreichen, was Sie als kleinen Beitrag zu Ihrer Arbeit betrachten mögen. Zu welchem Zweck Sie das Geld verwenden, bleibt Ihrer Organisation überlassen. Es ist mir daher ein Vergnügen, meine Herren, Ihnen hiermit die Summe von zweitausend Dollar in bar zu überreichen.«

Mason zog das Bündel Banknoten aus der Tasche und zählte die Scheine einzeln auf den Tisch.

Einen Augenblick herrschte verblüfftes Schweigen. Dann brach donnernder Applaus los, und wieder sprangen die Anwesenden auf.

Mason lächelte, verbeugte sich und entfernte sich vom Podium.

»Augenblick! Augenblick!« rief der Vorsitzende. »Mr. Mason, wir möchten Ihnen danken. Wir möchten einen Beschluß fassen...«

»Nicht mir müssen Sie danken«, versetzte Mason. »Danken Sie meiner Mandantin. Und wenn Sie einen Beschluß fassen wollen, den sie später in der Zeitung lesen kann, so wird ihr das sicher Freude machen. Doch das Wissen, daß es ihr gestattet war, zu Ihren Bemühungen beizutragen, ist ihr Dank genug. Ich habe leider nicht länger Zeit, da ich mit meiner Mandantin verabredet bin, die mit mir noch einige wichtige Einzelheiten im Zusammenhang mit anderen ähnlichen Spenden besprechen möchte. Ich danke Ihnen, meine Herren.«

Mason verbeugte sich nochmals, winkte den Versammelten zu und eilte dann unter tosendem Beifall aus dem Raum.

Im Foyer zögerte er einen Augenblick. Unauffällig sah er sich um und stellte mit Befriedigung fest, daß ihm ein Mann aus dem Nebenzimmer gefolgt war. Der Mann blickte jetzt auf seine Armbanduhr, als hätte er ein Verabredung.

Mason ging zum Empfang.

»Würden Sie bitte Mrs. Helen Ebb anrufen und ihr ausrichten, daß ich auf dem Weg hinauf bin«, sagte er laut. »Sie hat Zimmer Nummer vierzehn siebenundzwanzig. Mein Name ist Mason.«

Der Angestellte nickte und griff nach dem Telefon.

Mason fuhr mit dem Aufzug nach oben, schritt zu Selma Ansons Zimmer und klopfte. Es wurde sofort geöffnet.

»Schnell jetzt«, sagte Mason. »Wir haben keine Zeit zur Probe. Hier wird gleich ein Journalist erscheinen, der ein Interview mit Ihnen haben möchte. Sie werden darüber sehr ärgerlich sein und mir das Reden überlassen. Folgen Sie einfach meinen Stichworten. Sie sind eine wohlhabende Frau aus Los Angeles. Ihnen liegt die Förderung internationaler Zusammenarbeit am Herzen, und Sie sind heute abend nur hierher gekommen, um durch mich dem Internationalen Austausch-Klub eine Spende überreichen zu lassen. Sie wollen Ihren Namen nicht genannt wissen und...«

Es klopfte.

Mason öffnete.

Ein lächelnder, gut gekleideter junger Mann Anfang Dreißig sagte: »Mr. Mason?«

Mason spielte den Überraschten. »Ja?«

»Mein Name ist Pickens – Bill Pickens. Ich arbeite für den *Chronicle*«, sagte der junge Mann und streckte die Hand aus.

Mason zögerte einen Moment, dann ergriff er sie. »Freut mich, Sie kennenzulernen, Mr. Pickens«, erwiderte er.

»Ich war unten beim Bankett des Austausch-Klubs«, erklärte Pickens, »und hätte Ihnen gern einige Fragen gestellt. Kann ich einen Moment eintreten?«

»Mir wäre es lieber, wenn wir das Interview ein wenig verschieben könnten«, versetzte Mason. »Ich...«

»Wenn ich den Bericht in der nächsten Ausgabe noch unterbringen will, muß ich mich beeilen«, unterbrach Pickens. »Und die Sache ist wichtig.«

Er drängte sich an Mason vorbei ins Zimmer und wandte sich den beiden Frauen zu. »Mein Name ist Pickens, und ich bitte um Entschuldigung für meine Formlosigkeit. Ich bin Reporter beim *Chronicle*.«

Della Street nickte lächelnd.

Pickens musterte sie einen Augenblick aufmerksam, dann wandte er sich Selma Anson zu.

»Ich kann verstehen, daß Sie unerkannt bleiben wollen«, sagte er, »aber Sie sind hier unter dem Namen Helen Ebb eingetragen. Ist das Ihr richtiger Name?«

»Moment mal! Moment!« mischte sich Mason ein. »Was soll das?«

»Ich möchte ein Interview mit Mrs. Ebb. Ich versichere Ihnen,

Mr. Mason, daß ich mir alle Mühe geben werde, Ihnen nicht ins Handwerk zu pfuschen – wenn Sie bereit sind, mir ein bißchen zu helfen.«

»Das ist eine Entwicklung, mit der wir nicht gerechnet haben«, stellte Mason fest.

Pickens lächelte. »Ich bin schließlich Journalist, Mr. Mason«, meinte er. »Ich bin einer guten Story auf der Spur, und Sie werden vielleicht wissen, daß sich eine gute Story an die Presseagenturen verkaufen läßt und eine Menge Geld einbringen kann. Bei unseren mageren Gehältern sind kleine Extras immer willkommen. Diese Tagungen des Internationalen Austausch-Klubs gleichen sich wie ein Ei dem anderen. Es wird viel geredet, es wird viel applaudiert, man schüttelt einander die Hände, aber eine Story läßt sich daraus nicht machen. Und jetzt tauchen Sie plötzlich auf und geben der ganzen Sache ein neues Gesicht. Das wird ein Bombending. Aber ich muß Einzelheiten wissen, und ich wäre Ihnen dankbar, wenn Sie mir die Sache ein bißchen erleichtern würden. Sonst muß ich's eben auf andere Weise versuchen. Wenn das hier wirklich Mrs. Ebb ist, brauche ich mich nur ans Telefon zu hängen, und innerhalb einer halben Stunde weiß ich genau über sie Bescheid. Wenn sie unter falschem Namen reist, dann möchte ich wissen, wer sie wirklich ist. Die Geschichte ist ja nicht nur von lokaler Bedeutung, sie ist auch in Los Angeles interessant. Da werden sich die Agenturen bestimmt dafür interessieren. Eine Frau, die sich für internationale Zusammenarbeit interessiert – das sind Ideale von Wert. Sie will unerkannt bleiben, sie ist bescheiden. Aber sie engagiert einen prominenten Anwalt, um in ihrem Namen die Spende zu überreichen.«

Pickens drehte sich nach Della Street um. »Ich vermute, Sie sind mit Mrs. Ebb verwandt?«

Della Street warf Perry Mason einen Blick zu.

Mason schüttelte den Kopf. »Das ist Della Street, meine Sekretärin.«

»Wenn Sie mich jetzt noch mit Mrs. Ebb bekannt machen und mir ihren richtigen Namen anvertrauen«, meinte Pickens, »erspart das uns allen eine Menge Mühe.«

Mason seufzte. »Na schön. Mrs. Selma Anson aus Los Angeles. – Mrs. Anson, ich fürchte, ich war ein bißchen unvorsichtig. Aber ich hatte keine Ahnung, daß die Presse bei dem Bankett zugegen war. Doch nun ist die Katze einmal aus dem Sack, da müssen wir versuchen, das Beste daraus zu machen.«

Selma Anson richtete sich auf und sagte hocherhobenen Hauptes: »Ich sehe nicht ein, weshalb ich hier irgendwelche Erklärungen abgeben soll. Schließlich hatte ich Sie, Mr. Mason, allein zu dem Zweck engagiert, mir zu garantieren...«

»Ich weiß, ich weiß«, unterbrach Mason. »Doch wir müssen den Tatsachen ins Auge sehen. Es hat jetzt keinen Sinn, uns gegenseitig Vorwürfe zu machen.«

Pickens lächelte beschwichtigend. »Mr. Mason hat recht, Mrs. Anson. In den meisten Fällen haben es die Leute selbst in der Hand, was die Zeitungen über sie schreiben. Es ist nicht schwer, eine gute Presse zu bekommen. Wenn man aber natürlich nicht mit uns zusammenarbeiten will, dann darf man sich nicht wundern, wenn der Tenor schlechter ausfällt.«

»Soll das eine Drohung sein?« fragte sie.

»Keineswegs«, schaltete sich Mason ein. »Mr. Pickens macht uns nur die Realitäten klar.« Er wandte sich dem Reporter zu. »Ich kann Ihnen folgendes berichten, Mr. Pickens: Mrs. Anson erbte kürzlich ein kleines Vermögen. Ihr liegt die Förderung gewisser Projekte am Herzen, für die sie sich schon lange interessiert. Dazu gehört auch internationale Verständigung und Freundschaft.«

Pickens zog Notizblock und Bleistift hervor und begann mit rascher Hand zu schreiben.

»Was sind das für Projekte?« fragte er.

Mason schüttelte entschieden den Kopf. »Sie sind uns auf die Spur gekommen, Mr. Pickens, und es wird sich nun wohl nicht verhindern lassen, daß der Internationale Austausch-Klub erfährt, von wem die Spende stammt, die ihm heute abend übergeben wurde. Doch mehr werden Sie von mir nicht erfahren. Ich kann Ihnen nicht sagen, um was für Projekte es sich sonst noch handelt.«

»Können Sie mir dann wenigstens eine Zahl nennen?«

»Sie können schreiben, daß Mrs. Anson gut ein halbes Dutzend andere Organisationen im Auge hat.«

»Und sie beabsichtigt, all diesen Vereinigungen eine beachtliche Spende zur Verfügung zu stellen?«

»Richtig. Eine beachtliche Spende in bar.«

»Aber Mrs. Anson selbst möchte im Hintergrund bleiben?«

»Ganz recht. Sie will unerkannt sein«, bestätigte Mason. »Deshalb hat sie mich beauftragt, den verschiedenen Organisationen anläßlich ihrer Jahresversammlungen oder ähnlicher Zusammenkünfte die Spenden zu überreichen.«

»Wirklich sehr bewunderswert«, stellte Pickens fest. »Ich darf Ihnen versichern, daß wir Ihnen für Ihre Offenheit dankbar sind, Mr. Mason. Jetzt noch eine Frage: Was gibt es über Mrs. Anson persönlich zu berichten?«

»Mrs. Anson ist Witwe«, antwortete Mason. »Ihr Mann verstarb ziemlich unerwartet. Er hatte zu Lebzeiten eine Versicherung abgeschlossen, und die Gesellschaft zahlte Mrs. Anson bei seinem Tode eine erhebliche Summe aus. Ich darf bemerken, daß Mrs. Anson eine ausgesprochen tüchtige Geschäftsfrau ist. Sie legte das Geld sehr gut an und vergrößerte ihr Vermögen ganz beträchtlich.«

»Ich kann sie also ruhig wohlhabend nennen?« fragte Pickens.

Mason nickte.

»Wunderbar«, meinte Pickens. »Würden Sie mir jetzt noch einige Angaben darüber machen, wie Mrs. Anson versuchte, ihre Identität zu verschleiern? Die Tatsache, daß sie nach El Paso kam, war doch verräterisch.«

»Das könnte man vielleicht sagen, wenn die Abreise unter normalen Umständen erfolgt wäre«, entgegenete Mason. »Doch Mrs. Anson hatte sich einen etwas ausgefallenen Aktionsplan zurechtgelegt. Am Flughafen machte sie eine gewisse Helen Ebb ausfindig, die nach El Paso fliegen wollte. Sie zahlte dieser Helen Ebb eine beachtliche Summe über den Preis des Tickets hinaus, und auf diese Weise kam sie hierher.«

»Und Sie?« fragte Pickens.

Mason schnitt eine Grimasse. »Mrs. Anson meinte, sie könnte die Sache selbst in die Hand nehmen und die Spende übermitteln, ohne erkannt zu werden.« Mason wandte sich Selma Anson zu. »Was hatten Sie eigentlich vor, Mrs. Anson? Wollten Sie das Geld durch einen Botenjungen überreichen lassen?«

Sie lächelte. »Ich hatte so meine Pläne, Mr. Mason. Darauf möchte ich jetzt nicht eingehen. Aber bestimmt wäre diese Panne nicht passiert, wenn ich mich an meinen Plan gehalten hätte.«

»Als mir klar wurde, was meine Mandantin vorhatte«, fuhr Mason fort, »setzte ich mich in die nächste Maschine und flog hierher. Ich war überzeugt, daß sie ihren Plan nicht allein durchführen konnte, ohne ins Licht der Öffentlichkeit zu geraten. Deshalb wollte ich mich hier mit ihr besprechen und ihr einige Ratschläge geben.«

Pickens steckte seinen Notizblock ein und schüttelte Mason die Hand. »Eine Klassestory, Mr. Mason.«

»Ich sehe nicht ein, was daran so besonders sein soll«, versetzte Mason. »Es ist die Geschichte einer wohlhabenden Frau, die etwas für die Allgemeinheit tun möchte.«

»Sie werden sich wundern!« rief Pickens. »Warten Sie nur, bis Sie morgen die Schlagzeilen lesen. Da werden Sie Augen machen. Eine großartige Story und ein zugkräftiger Titel. Ungefähr so: ›Perry Mason zieht den kürzeren.‹«

Mason zuckte zusammen.

»Und dann berichte ich noch, wie ich Ihnen auf die Schliche gekommen bin«, fuhr Pickens begeistert und ohne Mitleid fort. »Danach kommen ein paar Absätze über Helen Ebb alias Selma Anson für die Presseagenturen: was für Ideale diese Frau hat, wie sehr sie um die Verbesserung der internationalen Beziehungen bemüht ist und was sie für Ansichten über das Verhältnis zwischen den Vereinigten Staaten und Mexiko hat.«

»Danach haben Sie sie ja überhaupt nicht gefragt«, warf Mason ein.

»Das ist gar nicht nötig«, versetzte Pickens. »Ich muß mich beeilen, sonst bring' ich den Artikel nicht mehr unter. Vielen Dank nochmals und gute Nacht.«

Pickens rannte zur Tür, riß sie auf, winkte noch einmal freundlich und verschwand.

Selma Anson wandte sich an Perry Mason. »Und was jetzt?« fragte sie.

»Gehen Sie zu Bett«, erwiderte Mason. »Schlafen Sie sich aus. Morgen sehen wir weiter.«

11

Die Morgenzeitung unterm Arm, schlenderte Mason in den Speisesaal. Er blickte auf seine Uhr, gähnte verstohlen und ließ sich dann an einem Tisch für zwei nieder.

»Meine Sekretärin wird gleich hier sein«, sagte Mason zur

Kellnerin. »Ich warte solange mit meiner Bestellung. Bringen Sie mir inzwischen einen Tomatensaft und eine Portion Kaffee.«

Die Kellnerin nickte und zog sich zurück.

Mason faltete die Zeitung auseinander.

»Das ist aber eine Überraschung«, erklang hinter ihm eine vertraute Stimme.

Mason wandte sich halb um und blickte auf. Leutnant Tragg vom Morddezernat Los Angeles sah argwöhnisch auf ihn herunter.

»Ach du lieber Schreck!« rief Mason. »Was machen Sie denn hier?«

»Die Fragen stelle ich«, versetzte Tragg. »Zunächst: Was tun *Sie* hier?«

»Was sind denn das für Töne?« fragte Mason. »Sie benehmen sich ja gerade so, als seien Sie einem Ihrer Mörder auf der Spur.«

»Genau.«

»Sie machen wohl Witze«, meinte Mason.

»Im Gegenteil.«

Die Kellnerin brachte den Tomatensaft und den Kaffee.

»Würden Sie uns noch einen Stuhl bringen?« fragte Mason. »Oder sollen wir uns an einen anderen Tisch setzen?«

»Machen Sie sich keine Mühe«, schaltete sich Tragg ein. »Ich bin mit einem Beamten von der hiesigen Kriminalpolizei hier. Gleich nach dem Frühstück werden wir eine Frau aufsuchen, die sich hier im Hotel aufhält und die unserer Ansicht nach aus Los Angeles geflohen ist, um ihrer gerechten Strafe zu entgehen.«

»*Nach* dem Frühstück?« staunte Mason.

»Ganz recht«, bestätigte Tragg. »Ich bin die ganze Nacht unterwegs gewesen. Da werde ich mir wohl eine Tasse Kaffee und ein solides Frühstück genehmigen dürfen, ehe ich an die Arbeit gehe. Sid Russell von der hiesigen Kriminalpolizei hat mich am Flughafen abgeholt. Das Zimmer der Flüchtigen wird seit heute morgen sechs Uhr überwacht. Sie kann uns also nicht entkommen.«

»Ich hatte keine Ahnung, daß Sie in amtlicher Eigenschaft hier sind«, erklärte Mason. »Unter diesen Umständen müssen Sie mir schon das Vergnügen machen, mit mir zusammen zu frühstücken, Leutnant. Oder wäre es Ihnen lieber, wenn ich mich zu Ihnen setze?«

Tragg zögerte. »Hm, vielleicht wäre das besser.«

Mason winkte der Kellnerin und drückte ihr eine Dollarnote in die Hand. »Tut mir leid, wenn ich Ihnen Mühe machen muß«, sagte er, »aber könnten Sie mein Gedeck dort drüben an den Vierertisch bringen? Wir erwarten dann noch meine Sekretärin.«

»Gern«, versicherte die Kellnerin. »Vielen Dank.«

Tragg nahm Mason mit einer festen Bewegung am Arm.

»Hier entlang, Perry«, sagte er.

Er führte den Anwalt zu dem Tisch, wo der andere Beamte saß und mit unverhohlener Neugier die Vorgänge beobachtete.

»Sergeant Russell«, stellte Tragg vor. »Das ist Mr. Mason, Rechtsanwalt aus Los Angeles.«

»Doch nicht der berühmte Perry Mason?« fragte Russell und stand auf.

»Eben der Perry Mason«, versetzte Tragg trocken. »Und wenn er irgendwo auftaucht, so bedeutet das im allgemeinen nichts Erfreuliches für die Polizei. Er wird mit uns frühstücken und uns erzählen, was er in El Paso zu tun hat.«

»Das geht leider nicht, Leutnant«, protestierte Mason. »Ich bin in meiner Eigenschaft als Rechtsanwalt hier und muß die Interessen meiner Mandanten wahrnehmen.«

»Sie haben einen Mandanten hier?« erkundigte sich Tragg argwöhnisch.

Mason lächelte. »Das habe ich nicht gesagt. Freut mich, Sie kennenzulernen, Sergeant Russell. Leutnant Tragg hat mich netterweise eingeladen, mit Ihnen zusammen zu frühstücken. Ah, da ist ja meine Sekretärin. Entschuldigen Sie mich einen Moment, ja?«

Trag hatte nicht die Absicht, Mason auch nur einen Augenblick mit Della Street alleinzulassen.

»Wie nett, daß Della auch hier ist«, rief er. »Ich begleite Sie hinüber, Perry.«

Tragg schritt neben Mason zur Tür, wo Della Street stand und sich suchend umblickte.

Ihre Augen leuchteten auf, als sie Perry Mason erblickte, und weiteten sich überrascht, als sie Leutnant Tragg erkannte.

»Guten Morgen, Della«, rief Tragg ihr entgegen. »Willkommen in El Paso.«

»Guten Morgen, Leutnant. Sind Sie hierher versetzt worden?«

»Nur eine kleine Dienstreise«, erklärte Tragg.

»Der Leutnant interessiert sich für einen Gast des Hotels«, erläuterte Mason unbefangen.

»Das stimmt«, bestätigte Leutnant Tragg. »Wirklich ein bemerkenswerter Zufall, daß Sie auch gerade hier sind, Perry. Und Sie natürlich, Della.«

Della Street beantwortete die Bemerkung mit einem freundlichen Lächeln.

»Leutnant Tragg hat uns eingeladen, das Frühstück mit ihm zusammen einzunehmen«, wandte sich Mason an Della. »Jeder zahlt für sich natürlich.«

»Natürlich, natürlich«, stimmte Tragg zu. »Die Repräsentationsspesen sind bei der Polizei knapp bemessen und ganz und gar nicht dafür gedacht, Strafverteidiger und ihre Sekretärinnen zum Frühstück einzuladen. Jeder zahlt also brav für sich – außer, Sie haben heute Ihren großzügigen Tag, Perry.«

»Könnte schon sein«, meinte Mason.

Die drei schlenderten hinüber zum Frühstückstisch, wo Mason Della Street mit Sergeant Russell bekannt machte.

Die Kellnerin verfolgte das Geschehen mit unverhohlenem Interesse.

Mason rückte Della Street einen Stuhl zurecht und lächelte Leutnant Tragg an. »Haben Sie schon bestellt?« fragte er.

»Ja«, antwortete Tragg und deutete auf die Kaffeekanne, die vor ihm stand. »Eier und Schinken müssen gleich kommen.«

»Gut geschlafen, Della?« erkundigte sich Mason.

»Sehr gut, danke.«

»Wollen Sie auch Schinken und Eier?«

»Zuerst möchte ich einen Tomatensaft«, erwiderte sie, »und dann Spiegeleier mit Frühstückswürstchen.« Sie lächelte Leutnant Tragg zu. »Wenn man mit Perry Mason reist, lernt man es, zu essen, wann sich die Gelegenheit bietet.«

»In unserer Branche kann man froh sein, wenn man überhaupt die Zeit dazu hat«, versetzte Leutnant Tragg.

Sergeant Russell hatte die gepflegte und strahlende Della eingehend gemustert. Er war von der Tatsache, mit dem berühmten Perry Mason zusammen zu frühstücken, offensichtlich beeindruckt.

»Wenn man bei der Polizei ist«, bemerkte er jetzt, »dann lernt man zugreifen, wenn man von einem Kollegen auf Dienstreise eingeladen wird.«

Höfliches Gelächter antwortete ihm.

Die Kellnerin brachte die bestellten Gerichte für Tragg und Russell und nahm dann Masons Bestellung entgegen.

»Bitte, tun Sie sich keinen Zwang an«, sagte Mason. »Ich sehe mir inzwischen die Zeitung an. Wenn Sie fertig sind, können wir ein bißchen schwatzen.«

»Wenn wir fertig sind«, berichtigte Tragg, »machen wir uns an die Arbeit.«

»Ein Verhör?« fragte Mason.

»Ein Verhör«, bestätigte Tragg lakonisch.

Mason faltete die Zeitung auseinander, warf Della Street einen Blick zu und zwinkerte verstohlen. Dann wandte er sich wieder dem Morgenblatt zu und vertiefte sich in die Lektüre. Plötzlich fuhr er hoch. »Das ist doch nicht zu glauben!« rief er. »Der Bursche hat die Sache wirklich so aufgezogen, wie er sagte.«

»Was für ein Bursche?« erkundigte sich Tragg.

»Der Reporter«, antwortete Mason.

»Das ist die hiesige Zeitung«, stellte Russell fest.

»Stimmt«, versetzte Mason. »Der Reporter heißt Bill Pickens. Kennen Sie ihn?«

»Das will ich meinen«, erwiderte Russell. »Und wie ich den kenne. Der ist mir schon lange ein Dorn im Auge. Hat dauernd irgend etwas zu meckern, in seiner eigenen Spalte und dann auch für die Agenturen. Er ist gut, aber ein bißchen gewitzt.«

Tragg legte Messer und Gabel aus der Hand. »Hat er über Sie geschrieben?«

»Hm«, nickte Mason. »Aber unsere Anwesenheit hier sollte geheim bleiben. Wir sind hergekommen, um im Namen einer Mandantin eine Spende an eine wohltätige Organisation zu überreichen. Sie wollte unter allen Umständen ihr Inkognito wahren, doch offenbar habe ich die Fähigkeiten dieses Reporters unterschätzt. Er folgte mir, und es ließ sich nicht verhindern, daß er die wahre Identität meiner Mandantin erfuhr. Das hat für sie natürlich alles verpfuscht.«

»Hat dieser Pickens vielleicht zufällig den wahren Namen Ihrer Mandantin veröffentlicht?« erkundigte sich Tragg verdächtig ruhig.

»Gewiß«, bestätigte Mason. »Hier steht es klipp und klar: ›Selma Anson, eine wohlhabende Witwe aus Los Angeles, die ihren Namen nicht genannt wissen wollte und deshalb als Helen

Ebb reiste, hat dem Internationalen Austausch-Klub eine Spende zur Förderung...«

»Lassen Sie mich mal sehen«, unterbrach Tragg und riß Mason die Zeitung aus der Hand. Er las einige Zeilen und drehte sich dann so, daß Russell ihm über die Schulter blicken konnte. »Da! Sehen Sie sich das an«, sagte er.

Einige Minuten lang lasen die beiden Männer stumm. Dann seufzte Tragg, faltete das Blatt zusammen und reichte es Mason zurück.

»Diesen Pickens darf man wirklich nicht unterschätzen«, stellte Russell fest.

»Ha! Daß ich nicht lache«, rief Tragg. »Von wegen Pickens! Sie glauben doch nicht, daß Mason so dumm ist. O nein, der hat den guten Pickens ganz gerissen auf den Leim geführt.«

»Diese Selma Anson«, meinte Russell, »ist das nicht die Frau, die...«

»Genau«, antwortete Tragg gottergeben.

»Ich fürchte, ich kann Ihnen nicht folgen, Leutnant«, mischte sich Mason ein. »Aber bitte, frühstücken Sie in Ruhe fertig. Wir können uns ja hinterher unterhalten. Ich kann mir vorstellen, wie hungrig Sie sind.«

»Mir hat's den Appetit verschlagen«, versetzte Tragg.

»Ich versteh' das alles nicht«, bemerkte Russell.

»Ganz einfach«, sagte Tragg. »Selma Anson gerät in Panik und flieht unter angenommenem Namen. Mason erfährt davon, reist ihr hinterher und mischt die Tatsachen kräftig durcheinander. Das Resultat liegt auf der Hand. Selma Anson hat nicht das Weite gesucht, weil sie ein polizeiliches Verhör fürchtete – o nein! Sie ist eine Philanthropin, der allein die internationale Zusammenarbeit am Herzen liegt. Außerdem ist sie eine unerhört bescheidene Frau und möchte deshalb anonym bleiben.«

»Na und?« fragte Mason.

»Was heißt hier ›na und‹?« fuhr Tragg ihn gereizt an. »Ich möchte wissen, warum sie überhaupt hierher gekommen ist, wenn sie unerkannt bleiben wollte. Warum hat sie nicht einfach Ihnen das Geld übergeben?«

»Weil diese Spende nur eine unter mehreren ist, die sie zu verteilen wünscht«, antwortete Mason. »Wir haben vor, von hier aus in andere Städte zu reisen und noch weitere Tagungen zu besuchen. Ich versuchte sie zu überreden, in Los Angeles zu bleiben, doch sie wollte wenigstens die Genugtuung haben, aus erster Hand über die Reaktion der Spendenempfänger zu hören und meine Berichte über den Verlauf der Sache sofort zu bekommen.«

Tragg stieß einen abgrundtiefen Seufzer aus und nahm Messer und Gabel wieder zur Hand. »Ich muß essen, auch wenn's mir nicht schmeckt«, bemerkte er. »Ich brauche die Kalorien.«

»Ändert das denn die Situation?« fragte Russell.

»Es schmeißt alle unsere Pläne über den Haufen«, rief Tragg zornig. »Die Frau, die wir vernehmen wollen, ist Masons Mandantin. Unsere Chancen, irgend etwas von der Frau zu erfahren, solange Mason hier ist, sind gleich Null.«

»Aber wieso denn, Leutnant?« erkundigte sich Mason harmlos. »Ich bin überzeugt, daß sie Ihnen bereitwillig über ihre Pläne berichten wird. Nur dürfen Sie natürlich nicht verlangen, daß sie Ihnen die Namen der anderen Organisationen enthüllt, denen sie Spenden zur Verfügung stellen möchte. Damit würde ja die Überraschung völlig zunichte gemacht, und das wäre meiner Mandantin gegenüber nicht fair. Doch da die Wahrheit über die Spende an den Internationalen Austausch-Klub nun einmal publik geworden ist, besteht kein Anlaß, daraus ein Staatsgeheimnis zu machen.«

»Dann können wir vielleicht auch darüber sprechen, weshalb sie mit einem Taxi zum Flughafen von Los Angeles fuhr und unter falschem Namen hierher kam«, meinte Tragg.

Mason lächelte. »Leutnant«, sagte er, »ich fürchte, Sie lassen sich da zu übereilten Schlüssen hinreißen. Sie kam nicht unter falschem Namen hierher.«

»Daß ich nicht lache«, rief Tragg empört. »Sie kam doch unter dem Namen Helen Ebb hier an.«

»Das ist kein *falscher* Name«, erwiderte Mason. »Sie hat ihn sich nur ausgeliehen. Sie mußte unter diesem Namen reisen, weil sie einer Helen Ebb das Flugticket abgekauft hatte und unter einem anderen Namen gar nicht in die Maschine gelassen worden wäre.«

»Und sie schrieb sich hier unter dem Namen Helen Ebb ein.«

»Natürlich«, versetzte Mason. »Sie kam unter dem Leihnamen Helen Ebb hierher und trug sich im Hotelregister auch so ein. Sie wollte unerkannt bleiben, weil sie die Spende überreichen wollte, ohne ihre Identität zu enthüllen.«

»Es lag ihr also nicht daran, einem Verhör bei der Polizei von Los Angeles zu entgehen?«

»Einem Verhör worüber?« fragte Mason.

»Über die Ermordung ihres Mannes.«

»Du lieber Himmel«, rief Mason, »haben Sie allen Ernstes vor, sie im Zusammenhang mit dem Tod ihres Mannes unter die Lupe zu nehmen?«

»Natürlich.«

»Na, deshalb hätten Sie nicht extra nach El Paso zu fliegen brauchen«, versetzte Mason. »Hätten Sie doch nur in meiner Kanzlei angerufen, um einen Termin beim Staatsanwalt zu vereinbaren. Wir wären jederzeit bereit gewesen, Ihnen zu helfen.«

»Hätten Sie zugelassen, daß Ihre Mandantin einem Verhör unterzogen wird?« wollte Tragg wissen.

»Aber gewiß«, bestätigte Mason. »Natürlich hätte ich bei gewissen Fragen meiner Mandantin wahrscheinlich raten müssen zu schweigen, denn ich möchte selbstverständlich nicht, daß sie auf ihre Rechte verzichtet, wenn Sie tatsächlich vorhaben, irgendwelche Beschuldigungen gegen sie vorzubringen. Passen Sie auf: Wenn Sie mit Ihrem Frühstück fertig sind, gehen wir hinauf und sprechen mit Mrs. Anson.«

»In Ihrer Gegenwart natürlich«, bemerkte Tragg.

»Natürlich.«

»Ich halte das für Zeitverschwendung«, stellte Tragg fest. »Lassen Sie mich doch bitte noch einmal die Zeitung sehen.«

Mason reichte ihm das Blatt.

Tragg schob eine Riesenportion Schinken und Ei in den Mund, breitete dann kauend die Zeitung aus und begann zu lesen. Eine Weile kaute er mechanisch, dann, mit zunehmendem Interesse an der Lektüre, vergaß er das Essen. Starr las er bis zu Ende. Dann schob er die Zeitung von sich, trank einen Schluck Kaffee und seufzte.

»Da haben wir's wieder. Ich bezweifle, daß es überhaupt der Mühe wert ist, mit Mrs. Anson zu sprechen.«

»Kann ich den Artikel noch einmal lesen?« fragte Russell.

Tragg schob ihm die Zeitung zu.

Der Kriminalbeamte überflog die Story ein zweites Mal. Ein Lächeln breitete sich auf seinem Gesicht aus. »Bill Pickens scheint da einen guten Fang gemacht zu haben«, stellte er fest.

»Genau«, meinte Tragg. »Und bitte übersehen Sie nicht, wie einfach das für ihn war. Der große Strafverteidiger aus Los Angeles reist nach El Paso, marschiert schnurstracks in den Bankettsaal, wo die Zusammenkunft des Internationalen Austausch-Klubs stattfindet, bei dem natürlich die Presse zugegen ist, zählt zweitausend Dollar auf den Tisch des Hauses und verläßt dann ganz arglos den Saal. Er gibt sich nicht die geringste Mühe, seine Spuren zu vertuschen, die direkt zu seiner Mandantin führen. Und dabei will doch seine bescheidene Mandantin unbedingt anonym bleiben. Unbedingt.«

»Aus diesem Blickwinkel habe ich die Sache noch gar nicht betrachtet«, meinte Russell.

»Aber so ist es«, fauchte Tragg. »Wenn wir jetzt hinaufgehen und mit Mrs. Anson sprechen, sind wir nichts weiter als Komparsen in einem Stück, das mit aller Sorgfalt geprobt worden ist. Mason, Sie hätten einen erstklassigen Regisseur abgegeben. Es war ein schwarzer Tag für Polizei und Staatsanwaltschaft, als Sie zugelassen wurden.«

»Sie sind ein bißchen drastisch, Leutnant«, sagte Mason. »Ich bin immer bereit, der Polizei zu helfen. Nur habe ich es mir zur Aufgabe gemacht, die Unschuldigen vor ungerechter Strafe zu bewahren und die Schuldigen ihrem Richter zuzuführen. Das ist doch der Sinn meines Berufs, ebenso wie des Ihren.«

»Sicher, sicher, aber das läßt sich auch mit weniger unorthodoxen Methoden erreichen«, entgegnete Tragg.

Die Kellnerin brachte Mason und Della Street das bestellte Frühstück.

»Und bitte die Rechnung«, sagte Mason zu ihr. »Alles zusammen. Das ist heute mein Beitrag zur Jurisdiktion.«

»Sie bestehen darauf, während unseres gesamten Gesprächs mit Mrs. Anson zugegen zu sein, Mason?« fragte Tragg.

»Natürlich.«

»Werden Sie ihr gestatten, unsere Fragen zu beantworten?«

»Das kommt auf die Fragen an«, meinte Mason.

»Was für Fragen werden Sie sie selbst beantworten lassen?«

»Wenn Sie sie fragen, ob sie irgend etwas über den Tod ihres Mannes weiß, das gegen sie sprechen könnte, so werde ich sie diese Frage verneinen lassen.«

»Mit anderen Worten, Sie werden die Zügel in der Hand halten?«

»Das habe ich nicht gesagt.«

»Aber ich sage es.«

»Es macht mir keinen Spaß, Ihnen dauernd zu widersprechen, Leutnant«, meinte Mason.

»Und nach der Vernehmung?« fragte Tragg.

Mason breitete die Hände aus. »So, wie die Dinge jetzt liegen, hat es wenig Sinn, unsere Reise fortzusetzen und die anderen Spenden zu verteilen. Dieser Bill Pickens hat die Katze aus dem Sack gelassen, und Ihre Story wird dem allem die Krone aufsetzen.«

»Was soll das heißen: meine Story?«

»Bill Pickens wird selbstverständlich mehr erfahren wollen«, sagte Mason. »Ich halte ihn für gewitzt genug, die Fortsetzung zu seinem Bericht zu bekommen. Vorhin sah ich ihn schon hier hereinspitzen. Wahrscheinlich fragte er am Empfang nach mir, und der Angestellte sagte ihm, daß ich im Restaurant sitze. Er wird mich stellen, wenn wir herauskommen, und dann muß ich Sie natürlich mit ihm bekannt machen. Sergeant Russell wird er ja sowieso kennen. Pickens ist nicht dumm, er kann zwei und zwei zusammenzählen, selbst wenn er hinterher kein Exklusivinterview mit Selma Anson bekommt. Wahrlich, ein großer Tag für Bill Pickens.«

»Ich will im Moment jedes Aufsehen vermeiden«, erklärte Tragg.

»Hm, das kann ich verstehen«, versetzte Mason lächelnd.

Tragg seufzte. »Okay, Mason, eins zu null für Sie. Zahlen Sie und geben Sie dem Mädchen ein gutes Trinkgeld. Selma Anson interessiert uns im Moment nicht. Sonnen Sie sich ruhig im Licht der Öffentlichkeit, aber ich bin nicht bereit, dem noch Vorschub zu leisten.« Leutnant Tragg wandte sich dem Kriminalbeamten aus El Paso zu. »In Ordnung, Sid?«

»Von mir aus«, bestätigte Russell.

Die Kellnerin trat an den Tisch. »Alles nach Wunsch?« fragte sie.

»Alles nach Wunsch«, antwortete Tragg. »Geben Sie Mr. Mason hier die Rechnung und verlangen Sie ein gutes Trinkgeld. Er hat eben ein Bombenhonorar eingestrichen.«

12

Mason klopfte sachte an die Tür zu Selma Ansons Zimmer.

»Wer ist da?« rief sie.

»Perry Mason und Della Street.«

Der Schlüssel drehte sich im Schloß, die Tür ging auf.

Selma Anson sah abgespannt aus. »Kommen Sie herein«, sagte sie.

»Wie haben Sie geschlafen?« erkundigte sich Mason.

»Ich habe eine schreckliche Nacht hinter mir«, antwortete sie. »Und nicht einmal Make-up kann das vertuschen.«

»Leutnant Tragg von der Polizei in Los Angeles ist hier«, berichtete Mason. »Er arbeitet mit einem Beamten der hiesigen Kriminalpolizei zusammen. Es ist nicht ausgeschlossen, daß man versuchen wird, Sie mit einem Überraschungsmanöver in die Ecke zu drängen, um Sie zu unvorsichtigen Erklärungen zu verleiten. Ich habe Leutnant Tragg aufgefordert, mit uns hier heraufzukommen und Sie in meiner Gegenwart zu verhören. Das wollte er nicht. Wenn also irgend jemand versuchen sollte, Ihnen Fragen zu stellen, während ich nicht hier bin, dann sagen Sie einfach, daß Ihr Anwalt Perry Mason Ihnen Anweisung gegeben hat, keinerlei Fragen zu beantworten. Können Sie das tun?«

»Ja, sicher«, sagte sie müde. »Aber wozu soll das alles führen, Mr. Mason? Was soll denn aus mir werden?«

»Wie meinen Sie das?«

»Dieses ewige Hin und Her, dieses Versteckspiel mit der Polizei«, erklärte sie. »Mein Leben ist sowieso schon verpfuscht. Sollen sie mich doch verhaften, wenn sie unbedingt wollen. Dann habe ich es wenigstens hinter mir.«

»Was meinen Sie damit – Ihr Leben ist verpfuscht?«

»Na ja«, begann sie, »ich...«

»Sprechen Sie sich aus«, bat Mason, als sie zögerte.

»Es ist eben verpfuscht.«

»Daran sind Sie selbst nicht schuldlos«, sagte Mason. »Sie mußten ja George Findlay aufsuchen. George erklärte Ihnen, er wüßte etwas, das Sie ruinieren würde. Als Preis für sein Schweigen verlangte er, daß Sie verschwanden. Wir wissen doch ganz genau, welchen Zweck Findlay damit verfolgt. Er will Mildred Arlington heiraten. Nach dem Tod ihres Onkels hat er vor, seine Arbeit aufzugeben, das Leben eines Müßiggängers zu führen, zu reisen und von dem Geld zu leben, das seine Frau geerbt hat. Und da tauchen Sie nun plötzlich auf. Delane Arlington verliebt sich in Sie und macht kein Hehl daraus. Und George Findlay stellt fest, daß all seine schönen Pläne Gefahr laufen, ins Wasser zu fallen. Aus diesem Grund beschließt er, etwas gegen Sie zu unternehmen. Mildred Arlington, die er heiraten will, ist wahrscheinlich genauso tief wie er in die Geschichte verwickelt. Und schließlich greift man zu diesem billigen Trick, Ihnen Angst einzujagen, damit Sie verschwinden und jede Verbindung zu Mildreds Onkel abbrechen. Und Sie sind darauf hereingefallen – naiv wie ein Kind.«

»Was heißt hier naiv!« fuhr sie ihn gereizt an. »Ich hatte nichts mehr zu verlieren, aber alles zu gewinnen.«

»Was meinen Sie damit – Sie hatten nichts zu verlieren?«

»Ja, verstehen Sie denn nicht, daß ich unter diesen Umständen Delane Arlington nicht mehr in die Augen sehen kann? Ich kann nicht zulassen, daß er Ernst macht. Ich kann nicht zulassen, daß er mir einen Heiratsantrag macht. Nie, nie kann ich ihn heiraten.«

»Warum denn nicht?«

»Das ist eine Frage des Stolzes, aber nicht allein. Sie werde ihn so gegen mich aufhetzen, daß er sich eine Heirat mit mir sowieso aus dem Kopf schlägt. Und selbst wenn er mich bitten würde, seine Frau zu werden, selbst wenn ich seinen Antrag annehmen würde, käme es bei diesem Kesseltreiben gegen mich wahrscheinlich niemals zu einer Heirat. Diese bösartigen Gerüchte über mich können auf die Dauer ihre Wirkung auf ihn nicht verfehlen.«

»Ihnen ist offensichtlich gar nicht klar, daß auch Sie eine Menge zu verlieren hatten«, sagte Mason. »Sie hatten kaum die Stadt verlassen, da benachrichtigte George Findlay die Polizei. Ich traue ihm zu, daß er anonym anrief und erklärte, Sie wären geflüchtet, weil Sie Angst hätten, wegen Mordes an Ihrem Mann verurteilt zu werden. Wenn ich nicht glücklicherweise zur Stelle gewesen wäre, dann wären Sie blindlings in die Falle hineingetappt. Die Polizei hätte Sie aufgespürt, und Sie säßen jetzt schon im Gefängnis. Zu Ihrer Information darf ich Ihnen sagen, daß Leutnant Tragg allein aus diesem Grund hierher gekommen ist. Nur der Artikel in der Morgenzeitung verhinderte sein Eingreifen. Er hatte damit plötzlich keine Handhabe mehr gegen Sie.«

»Dafür bin ich Ihnen auch unendlich dankbar«, erklärte sie.

»Mit Recht«, versetzte Mason.

»Aber was tun wir jetzt?« fragte sie.

Mason wandte sich an Della Street.

»Erkundigen Sie sich nach der nächsten Maschine nach Los Angeles, Della.«

Della Street ging zum Telefon.

»Wir fliegen zurück«, sagte Mason.

»Wird uns da nicht die Presse empfangen?«

»Wahrscheinlich.«

»Und was soll ich den Reportern sagen?«

»Lächeln Sie freundlich«, erwiderte Mason, »und verweisen Sie alle Fragen an mich. Von jetzt an sprechen Sie mit keinem Menschen, wenn ich es Ihnen nicht ausdrücklich gestatte.«

»Eigentlich ist mir schon beinahe gleichgültig, was geschieht«, sagte sie. »Mein Leben hat seinen Sinn verloren. Mir war selbst nicht klar, wie sehr ich Delane liebe, bis – bis alles ruiniert war.«

»Kopf hoch«, ermunterte Mason sie. »Wir sind noch lange nicht geschlagen. Es gibt Situationen im Leben, da ist Angriff die beste Verteidigung. Wir werden eine Gegenoffensive starten.«

»Wie?« fragte sie.

»Das überlassen Sie mir«, erwiderte Mason. »Ich möchte nur eines wissen: Hatten Sie mit dem Tod Ihres Mannes irgend etwas zu tun? Bitte sagen Sie mir die ganze Wahrheit.«

»Ich habe es Ihnen schon gesagt, Mr. Mason. Ich hatte überhaupt nichts damit zu tun.«

»Schön, dann hören Sie mir jetzt gut zu. Wenn Sie mir die Wahrheit gesagt haben, dann können wir der Polizei eins auswischen und Ihnen helfen. Wenn Sie mich belogen haben, dann lassen wir die Dinge lieber so, wie sie sind.«

»Ich habe nicht gelogen.«

»Sehen Sie mir in die Augen«, verlangte Mason.

Sie blickte ihm offen ins Gesicht.

»Was ich vorhabe, kann Sie auf den elektrischen Stuhl bringen, wenn Sie mich belogen haben.«

»Ich bin unschuldig.«

»Sie geben mir also Vollmacht, alle weiteren Schritte auf dieser Voraussetzung aufzubauen?«

»Ja.«

Della Street sagte vom Telefon her: »Die nächste Maschine geht in einer Stunde. Wenn wir uns beeilen, können wird das schaffen.«

»Wir werden uns beeilen«, sagte Mason. »Ein Glück, daß wir nichts zu packen haben.«

»Von wegen Glück«, protestierte Della Street. »Ist Ihnen klar, welche Qualen eine Frau durchmachen muß, wenn sie mit nichts anderem als einer Puderdose auf Reisen geht?«

Mason winkte lachend ab. »Ich gehe hinunter zum Empfang und sage Bescheid, daß wir abfahren. Ein Taxi bestelle ich auch gleich.«

»Besteht die Möglichkeit, daß Leutnant Tragg mit derselben Maschine zurückfliegt?« erkundigte sich Della Street.

»Das glaube ich nicht«, antwortete Mason. »Er war die ganze Nacht unterwegs und wird sich erst ein wenig ausruhen wollen. Also, ich gehe jetzt.«

Der Anwalt bezahlte die Rechnungen für die drei Zimmer, ließ sich vom Portier ein Taxi holen und wartete im Foyer, bis Selma Anson und Della Street aus dem Aufzug traten.

Sie erreichten die Maschine nach Los Angeles ohne Schwierigkeiten. Bequem zurückgelehnt saßen sie in ihren Sitzen, während der Düsenriese sich in die Luft hob und sie über das Tal des Rio Grande, über die Wüste, über das fruchtbare Salt-River-Tal in Arizona zurücktrug in das dichtbesiedelte grüne Becken, in dem Los Angeles eingebettet lag.

Als Mason mit den beiden Frauen zum Empfangsgebäude schritt, drängte sich ein Journalist an sie heran.

»Mr. Mason?« fragte er.

»Ja?«

»Ist eine der Damen Mrs. Anson?«

»Richtig.«

»Stimmt es, daß sie von der Polizei gesucht wird, weil man sie im Zusammenhang mit dem Tod ihres Mannes verhören will?«

»Woher soll ich das wissen?« fragte Mason. »Ich kann die Gedanken der Polizei nicht lesen – und«, fügte er lächelnd hinzu, »die Polizei nicht die meinen. Letzteres hoffe ich wenigstens.«

»Können wir Aufnahmen machen?«

»Selbstverständlich«, erwiderte Mason. »Wo wollen Sie uns haben?«

»Gleich hier drüben, bei der Maschine«, antwortete der Reporter.

Mason, Selma Anson und Della Street kehrten zum Flugzeug

zurück. Der Fotograf machte mehrere Aufnahmen mit der Maschine im Hintergrund.

»Darf ich fragen, wo Sie herkommen?« fragte der Reporter dann.

»Natürlich«, versetzte Mason. »Ich glaube, daß die Agenturen sogar eine Story über uns haben. Mrs. Anson reiste nach El Paso, um einer Organisation, deren Arbeit sie seit einiger Zeit verfolgt hat, eine Spende zu überreichen. Allerdings wollte sie selbst anonym bleiben. Leider ist es einem cleveren Reporter des *Chronicle* gelungen, ihr Inkognito zu lüften. Somit ist jetzt bekannt, wer die Spenderin war.«

»Sie wurden in El Paso nicht von der Polizei vernommen?«

Mason wandte sich Selma Anson zu. »Wurden Sie von der Polizei vernommen?« fragte er.

Sie schüttelte den Kopf.

»Das wär's«, meinte Mason abschließend.

»Ich hätte gern ein bißchen mehr gewußt«, rief der Reporter hastig. »Was sagen Sie denn zu der Geschichte, daß die Polizei Mrs. Anson vernehmen will?«

»Weshalb denn?« fragte Mason.

»Ich bin leider auch kein Gedankenleser«, gab der Reporter zurück, »aber vermutlich meint man, sie wüßte etwas über den Tod ihres Mannes, was bisher unbekannt war.«

»Ich will Ihnen was sagen«, versetzte Mason. »Ich gebe Ihnen ein Exklusivinterview, wenn Sie den Mumm haben, daraus eine Story zu machen.«

»Schießen Sie los!«

»Die Schikane gegen Mrs. Anson geht jetzt weit genug«, sagte Mason. »Die Allgemeine Unfall und Leben – eine Versicherungsgesellschaft – versucht, von ihr das Geld zurückzufordern, das anläßlich des Todes von Mr. Anson ausbezahlt wurde. Soviel ich weiß, wurden Anspielungen gemacht, daß Mrs. Anson ihren Mann getötet haben soll. Mrs. Anson wird jetzt zusammen mit Miss Street und mir in einem Taxi zur Stadt fahren. Doch ehe wir das tun, werde ich Duncan Harris Monroe anrufen und ihn bitten, einen Termin zur Vernehmung von Mrs. Anson zu vereinbaren.«

»Duncan Harris Monroe?« echote der Reporter. »Den mit dem Lügendetektor?«

»Diese Bezeichnung gefällt mir nicht besonders«, erklärte

Mason. »Ich persönlich würde Mr. Monroe lieber als einen Fachmann für technisch-wissenschaftliche Vernehmungsmethoden bezeichnen. Er verwendet dabei natürlich den Polygraphen, genau wie ein Arzt sein Stethoskop benutzt, um eine Diagnose zu stellen. Es ist schade, daß der Polygraph allgemein als Lügendetektor bezeichnet wird. Der Laie legt das so aus, daß das Instrument einen Lügner entlarvt und somit schuldig spricht. Das Gegenteil ist der Fall: Es ist der Sinn des Polygraphen, die Unschuld eines Menschen zu beweisen. Ich werde den Nachweis erbringen, daß Selma Anson am Tode ihres Mannes schuldlos ist. Ich werde den Beauftragten der Allgemeinen Leben und Unfall anrufen und ihn fragen, ob er bei der Vernehmung zugegen sein möchte.«

»Ja, aber was hat das alles denn für einen Sinn?« wollte der Reporter wissen. »Vor Gericht können Sie's doch nicht verwenden.«

»Das ist auch gar nicht nötig«, versetzte Mason. »Vor Gericht werde ich es dem Staatsanwalt überlassen, den eindeutigen Nachweis zu erbringen, daß Selma Anson schuldig ist. Doch ich will der Öffentlichkeit beweisen, daß sie sich nichts hat zuschulden kommen lassen.«

Selma Anson starrte Mason aus überrascht aufgerissenen Augen an.

»Sie setzen also alles auf eine Karte?« fragte der Reporter.

»Ich bin ein toller Kartenspieler«, entgegnete Mason. »Und ich weiß, daß meine Mandantin unschuldig ist.«

»Mit Hilfe des Polygraphen kann man doch sowohl Unschuld als auch Schuld nachweisen, nicht wahr?« fragte der Reporter.

»Natürlich«, bestätigte Mason. »Die Möglichkeit, daß es einer Frau wie Mrs. Anson gelingt, ein hochentwickeltes wissenschaftliches Instrument zu täuschen, sind gleich Null.«

»Die Polizei wird davon nichts wissen wollen«, wandte der Reporter ein.

»Das braucht sie auch gar nicht«, erwiderte Mason. »Mich interessiert im Moment nur der Zeitungsleser. Und deshalb gebe ich Ihnen eine Story, die sich verkauft.«

»Uns ist natürlich jede halbwegs gängige Story willkommen«, meinte der Reporter, »aber es gibt gewisse Kreise, die dagegen sind, solche Untersuchungen mit dem Lügendetektor zu publizieren.«

»Nennen Sie das Instrument nicht Lügendetektor«, wiederholte Mason. »Wir wollen keine Lügen aufdecken, sondern die Unschuld eines Menschen nachweisen. Der menschliche Körper ist so beschaffen, daß er auf äußere Einwirkungen oder Reize reagiert. Sie waren doch sicher schon einmal in einem Nachtlokal, in dem ein Komiker auftrat.«

Der Reporter warf ihm einen verständnislosen Blick zu. »Ja, natürlich. Aber was hat das mit dem Polygraphen zu tun?«

»Wie reagierte das Publikum?« fragte Mason.

»Es lachte.«

»Sahen Sie irgend jemanden, der nicht lachte?«

»Ich habe nicht darauf geachtet. Ich lachte selbst.«

»Waren Sie in Begleitung?«

»Ja, mit meiner Frau.«

»Was tat Ihre Frau?«

»Sie lachte auch.«

»Was ist Gelächter?« fragte Mason. »Es ist der sichtbare Ausdruck einer Empfindung. Sie öffnen den Mund, machen hahaha. Das Zwerchfell wird erschüttert. Man entblößt die Zähne. Man schüttelt sich.«

»Was hat das mit der Entdeckung von Lügen zu tun?« fragte der Reporter.

»Ganz einfach. Die Menschen sind alle aus dem gleichen Stoff. Wenn sie sich über etwas freuen, lächeln sie. Wenn sie etwas traurig macht, dann weinen sie. Wir sind alle Menschen und empfinden menschlich. Es gibt Menschen, die ihre Gefühle eher zeigen als andere. Aber niemand ist gefühllos. Wenn man eine Lüge ausspricht, bewegen einen gewisse Empfindungen. Ein guter Lügner kann diese Empfindungen unterdrücken, so daß sie nicht sichtbar werden. Doch die tatsächliche Empfindung läßt sich nicht unterdrücken. Und diese tatsächliche Empfindung wird vom Polygraphen aufgezeichnet. Die Wahrheit zu sagen, bedarf keinerlei geistiger Anstrengung. Eine Lüge hingegen schon.«

»Die Gerichte sehen es aber gar nicht gern, wenn in der Presse über Untersuchungen mit dem Lügendetektor, über Geständnisse und ähnliches berichtet wird«, meinte der Reporter.

»Genau«, bestätigte Mason. »Das sind die Fälle, in denen der Polygraph verwendet wird, um den Nachweis einer Schuld zu erbringen. Es wäre mir wirklich lieb, wenn Sie endlich aufhören würden, das Instrument als Lügendetektor zu bezeichnen. Es handelt sich um eine wissenschaftliche Untersuchung mit dem Ziel, die Unschuld zu beweisen. Wenn Sie an der Story nicht interessiert sind, brauchen Sie es nur zu sagen. Ich zweifle nicht, daß andere Blätter...«

»Natürlich bin ich interessiert«, rief der Reporter eilig. »Das wird ein Knüller! Ich will nur ganz sicher sein, daß ich alle Einzelheiten richtig hinkriege. Mit meinen Bemerkungen über den Polygraphen will ich Sie doch nur aus der Reserve locken, damit ich ein klares Bild schaffen kann.«

»Diese Untersuchungen mit Hilfe des Polygraphen sind bisher viel zu häufig falsch eingesetzt worden«, erklärte Mason. »Die Polizei benutzt sie, um die Schuld eines Verdächtigen zu beweisen. Und ein zungenfertiger Reporter gab dem Instrument den Namen Lügendetektor, der ihm leider geblieben ist. Einen Lügendetektor gibt es nicht. Der Polygraph ist ein sehr empfindliches Instrument, das gewisse Reaktionen des Körpers und des Nervensystems mißt. Mit diesem Instrument will ich den Nachweis erbringen, daß Selma Anson unschuldig ist. Ich werde dafür sorgen, daß sie den Leuten in die Augen sehen kann und daß diejenigen, die so vorschnell mit Beschuldigungen und Verdächtigungen bei der Hand waren, sich schämen müssen...«

»Wenn aber die Untersuchung nun ergibt, daß sie schuldig ist?« meinte der Reporter.

»Dann haben Sie einen Knüller«, versetzte Mason.

»Nicht unbedingt«, widersprach der Reporter. »Ich weiß, daß die Gerichte auf Geständnisse, die mit Hilfe eines Lügendetektors erzielt wurden, nichts geben. Und man sieht es gar nicht gern, wenn solche Geständnisse dann doch veröffentlicht werden. Ich habe, ehrlich gesagt, fast das Gefühl, daß Sie hier einen sehr schlauen Plan verfolgen.«

»Was meinen Sie damit?« erkundigte sich Mason.

»Wenn die Untersuchung beweist, daß Selma Anson unschuldig ist, dann sind Sie natürlich obenauf. Wenn die Untersuchung ergibt, daß sie schuldig ist, und wir veröffentlichen das, dann können Sie behaupten, daß die Geschworenen nicht mehr objektiv zu urteilen imstande sind.«

»Wir werden meine Mandantin lediglich einer wissenschaftlichen Untersuchung unterziehen, um zu erfahren, was sie überhaupt mit dieser Sache zu tun hat, ob ihre Unschuldsbeteuerungen ehrlich sind. Wenn dann jemand das Ergebnis dieses Verhörs in Frage stellen will, werde ich die betreffende Person auffordern, sich einer gleichen Untersuchung zu unterziehen, um festzustellen, ob die Behauptungen und Anspielungen guten Glaubens gemacht wurden.«

»Oh!« sagte der Reporter erstaunt. »Und wann fangen wir an?«

»Sofort.«

13

Im Büro von Duncan Harris Monroe machte Mason die Anwesenden miteinander bekannt.

»Selma Anson«, sagte er dann, »war mit William Harper Anson verheiratet. Nach seinem Tode wurde ihr von der Versicherungsgesellschaft eine beachtliche Summe ausgezahlt. Verschiedene Leute haben nun recht eindeutige Anspielungen gemacht, aus denen hervorgeht, daß sie Mrs. Anson verdächtigen, ihren Mann getötet zu haben. Die Versicherungsgesellschaft leitete daraufhin Ermittlungen ein. Man erwirkte eine Vollmacht, die Leiche zu exhumieren. Soweit ich unterrichtet bin, ließen sich bei einer Untersuchung Spuren von Arsen nachweisen. Das zumindest wird die Polizei behaupten und gewiß auch die Versicherungsgesellschaft. Ich halte nichts davon, den Polygraphen zu verwenden, um die Schuld eines Menschen nachzuweisen. Das fällt auch nicht in mein Ressort. Doch ich persönlich betrachte das Instrument als ein wertvolles Hilfsmittel, um die Unschuld eines Verdächtigen zu demonstrieren. Ich bin überzeugt davon, daß meine Mandantin unschuldig ist, und bitte Sie, das an Hand eines wissenschaftlichen Verhörs festzustellen.«

Das Blitzlicht des Fotografen flammte auf.

»Warum kommen Sie da gerade zu mir?« erkundigte sich Monroe.

»Weil Sie ein Mitglied der Amerikanischen Polygraph Association sind. Sie sind Akademiker, haben ein abgeschlossenes Psychologiestudium hinter sich, außerdem zehn Jahre Erfahrung, und sind bei den Mitgliedern des Verbands allgemein als Kapazität bekannt. Sind Sie bereit, mir zu helfen?«

Monroe ließ sich die Sache durch den Kopf gehen. »Sie haben die Presse mitgebracht«, stellte er vorwurfsvoll fest.

»Ganz recht. Mit voller Absicht. Das Ergebnis der Untersuchung wird veröffentlicht werden, ganz gleich, wie es ausfällt«, versetzte Mason grimmig.

»Sie wollen den Befund veröffentlichen?«

»Dieser Journalist wird zugegen sein und mitschreiben, wenn Sie nachher Ihren Bericht geben«, bestätigte Mason.

Monroe schüttelte den Kopf. »Wenn Sie das so handhaben wollen, muß ich zuerst alle möglichen Vollmachten haben.«

»Schön«, meinte Mason. »Bringen Sie Ihre Formulare her, wir unterschreiben.«

»Das ist alles höchst ungewöhnlich«, wandte Monroe ein.

»Ich habe nie vorgegeben, daß es sich um eine Routineangelegenheit handelt«, fuhr Mason ihn gereizt an. »Das Leben dieser Frau steht auf dem Spiel. Man schikaniert sie mit Anspielungen und der Veröffentlichung von halben Wahrheiten. Ich werde dafür sorgen, daß die ganze Wahrheit ans Licht kommt.«

»Und wenn die Untersuchung ergibt, daß sie nicht die Wahrheit sagt?«

»Dann berichten Sie entsprechend«, sagte Mason. »Wenn Ihnen Ihr Beruf am Herzen liegt, dann werden Sie, glaube ich, mit mir darin übereinstimmen, daß der Polygraph seine nobelste Verwendung darin findet, die Unschuld eines Menschen nachzuweisen. Sie erinnern sich doch gewiß an den Fall Sheppard. Damals wurde geflüstert, daß Familienangehörige vor der Polizei im Haus gewesen wären, um Fingerabdrücke zu entfernen. Daraufhin ließ man beide Brüder Dr. Sheppards und ihre Frauen von einem Team der bekanntesten wissenschaftlichen Vernehmungsexperten verhören. Es wurde auch ein Polygraph eingesetzt. Es ist doch kaum anzunehmen, daß alle diese vier Menschen in der Lage gewesen wären, ein so empfindliches Instrument zu täuschen. Es stellte sich heraus, daß alle vier in gutem Glauben gehandelt hatten, daß sie niemals von Dr. Sheppard eine Bemerkung gehört hatten, die auf seine Schuld hingewiesen hätte. Diese Ergebnisse wurden veröffentlicht, und damit konnten die Mitglieder der Familie den Leuten wieder in die Augen sehen. Und genau das habe ich in diesem Fall vor. Ich bitte Sie, Selma Anson zu verhören und dann zu berichten, was Sie festgestellt haben. Wenn sie lügt, will ich es wissen. Und wenn sie die Wahrheit sagt, will ich es auch wissen. Ich bin aber überzeugt, daß sie die Wahrheit sagt.«

Monroe wandte sich an Selma Anson. »Sind Sie mit diesem Vorgehen einverstanden, Mrs. Anson?«

»Äh – ich – das ist alles so unerwartet... Ja, ich bin damit einverstanden.«

»Mrs. Anson«, sagte Monroe, »ich muß Sie warnen. Eine wissenschaftliche Untersuchung dieser Art ist ungemein exakt. Die Instrumente, die ich benutze, sind hochempfindlich. Wenn Sie auch nur die geringsten Vorbehalte haben, wenn Sie vorhaben, irgend etwas zu verheimlichen, dann muß ich Sie bitten, von dem Vorhaben abzusehen.«

»Wollen Sie mir angst machen?« fragte sie.

»Nein, ich will Ihnen nur reinen Wein einschenken.«

»Genau das gleiche will ich auch«, versetzte sie trotzig. »Bitte fangen Sie mit der Untersuchung an.«

»Ich darf die Herren bitten, sich zu setzen«, sagte Monroe. »Ich möchte zunächst unter vier Augen mit Mrs. Anson sprechen und dann, wenn ich den Sachverhalt einigermaßen kenne und einen Konnex zu Mrs. Anson hergestellt habe, werde ich mit der Untersuchung beginnen.«

Wieder flammten Blitzlichter auf.

Der Reporter ging zum Telefon und ließ sich mit seiner Zeitung verbinden. In knappen Worten begann er, die bisherigen Geschehnisse zu schildern.

Mason zwinkerte Della Street zu.

»Das nenne ich eine Gegenoffensive«, bemerkte sie.

»Ich habe nur eine Sorge«, gab Mason zurück.

»Und die wäre?«

»Wenn die Polizei von dieser Angelegenheit hier Wind bekommt«, erklärte Mason, »wird man Selma Anson festnehmen, noch ehe die Zeitung Gelegenheit hat, die Ergebnisse der Untersuchung zu veröffentlichen. Dann wird man eine gerichtliche Verfügung erwirken, um zu verhindern, daß das Resultat des Tests an die Öffentlichkeit gelangt.«

»Ist das denn möglich?«

»Das ist die Frage«, meinte Mason. »Wir haben hier Neuland betreten und wissen nicht, was auf diesem Gebiet erlaubt ist und was nicht. Eines steht fest: Wenn die Untersuchung ergibt, daß sie gelogen hat und in irgendeiner Weise am Tod ihres Mannes beteiligt ist, dann kann sie mir den Abschied geben und sich einen anderen Anwalt nehmen. Der würde dann, wenn das Ergebnis veröffentlicht wird, wahrscheinlich überzeugend darlegen, daß seiner Mandantin nicht wiedergutzumachender Schaden angetan wurde. Er könnte sich auf die Befangenheit des Gerichts und der Geschworenen berufen und würde wohl versuchen, die ganze Sache neu aufzurollen.«

»Und wenn sie wirklich unschuldig ist?«

»Da haben wir die Frage, ob ein Gericht das Recht besitzt, einem Bürger vorzuschreiben, auf welche Art und Weise er seine Unschuld nachzuweisen hat«, meinte Mason. »Soll es einem Verdächtigen, der nur durch unlautere Anspielungen in Verdacht geraten ist, nicht erlaubt sein, seine Unschuld irgendwie zu beweisen, ganz gleich auf welche Art?«

Della Street ließ sich das durch den Kopf gehen.

Mason stand auf und trat zu dem Journalisten, der inzwischen sein Telefongespräch beendet hatte. »Wollen Sie sonst noch etwas wissen?«

»Klar, reden Sie«, antwortete der Reporter. »Das ist ein Knüller, eine Bombe. Je länger man darüber nachdenkt, desto toller wird die Geschichte.«

»Meine Mandantin handelt im Rahmen der Rechte, die ihr als Bürgerin der Vereinigten Staaten zugesichert sind.«

»Aber Sie, als zugelassener Rechtsanwalt, handeln Sie denn auch...«

»Ich versuche, die Unschuld meiner Mandantin zu beweisen«, unterbrach Mason. »Das ist doch wohl die Aufgabe eines Verteidigers, der seinen Beruf ernst nimmt. Keiner wird mich daran hindern können, das zu tun, was ich im Interesse meiner Mandantin für richtig halte.«

»Aber die Tatsache, daß Sie die Presse hergebracht haben«, wandte der Reporter ein, »und...«

»Wollen Sie kneifen?« fragte Mason.

Der Reporter grinste nur. Er zog seinen Stuhl heran und sagte: »Okay, schießen Sie los.«

Mason faßte in kurzen Worten die Tatsachen zusammen, ohne jedoch die vertraulichen Mitteilungen, die Mrs. Anson ihm gemacht hatte, in seinen Bericht miteinzubeziehen.

»Sind Sie nicht ein bißchen zurückhaltend?« meinte der Reporter.

»Natürlich bin ich zurückhaltend«, erwiderte Mason. »Ich zähle Ihnen alle Tatsachen auf, die allgemein zugänglich sind. Was meine Mandantin mir im Vertrauen mitgeteilt hat, kann ich Ihnen nicht berichten. Ich kann auch nicht versuchen, Sie in irgendeiner Weise zu beeinflussen.«

Die Tür des Privatbüros öffnete sich. Monroe erschien.

»Meine Herren«, sagte er, »die Untersuchung kann beginnen. Ich hatte eine sehr interessante Unterhaltung mit Mrs. Anson. Ich glaube, daß sie sich über ihre Lage im klaren ist, und ich habe Anlaß anzunehmen, daß sie sich für dieses wissenschaftliche Verhör eignet. Ich habe hier einen kleinen Raum, der mit elektronischen Geräten ausgestattet ist. Hier kann man alles hören, was im Vernehmungszimmer gesprochen wird, und alle Geschehnisse durch eine Spiegelglasscheibe beobachten. Ich habe Mrs. Anson über das Vorhandensein dieses Raums unterrichtet. Ich habe ihr erklärt, daß ich zumindest ihren Anwalt hierhaben will, damit er die Untersuchung miterlebt. Außerdem habe ich sie gefragt, ob sie Einwendungen dagegen hat, wenn auch Miss Street und die beiden anderen Herren zugegen sind. Sie hat schriftlich zugestimmt. Ich darf Sie jetzt bitten, sich in den Nebenraum zu begeben. Stühle sind vorhanden. Bitte beobachten Sie die Untersuchung und hören Sie genau zu. Mr. Mason, wenn Sie den Eindruck haben, daß die Interessen Ihrer Mandantin gefährdet sind, dann drücken Sie bitte auf den Knopf neben Ihrem Stuhl. Dann wird das Verhör beendet.«

»Gut«, meinte Mason.

Sie begaben sich in den Beobachtungsraum. Monroe zeigte ihnen die Stühle, die er ihnen zugedacht hatte, und schloß die Tür.

Im Nebenzimmer konnten sie Selma Anson sehen. Sie lehnte, anscheinend ganz unbefangen, in einem Sessel und wartete der Dinge, die da kommen sollten. Die einzelnen Meßinstrumente waren bereits an ihren Körper angeschlossen.

Monroe ließ sich auf seinem Platz nieder.

»Sind Sie bereit, meine Fragen zu beantworten, Mrs. Anson? Bitte bewegen Sie Ihren Kopf nicht. Bleiben Sie möglichst ruhig sitzen. Ganz ruhig und entspannt.«

»Ich bin bereit.«

Monroe stellte seine Fragen einförmig und monoton, offensichtlich bemüht, weder Worte noch Gedanken zu betonen, aufmerksam darauf bedacht, Mrs. Anson in keiner Weise abzulenken.

»Heißen Sie Selma Anson?«

»Ja.«

»Hören Sie gern Radio?«

»Ja.«

»Haben Sie die Absicht, Fragen nach dem Tod Ihres Gatten mit Lügen zu beantworten?«

»Nein.«

»Sind Sie heute morgen von El Paso hierher geflogen?«

»Ja.«

»Wissen Sie, wer am Tod Ihres Gatten schuldig ist?«

»Nein.«

»Haben Sie Ihrem Anwalt die ganze Warheit gesagt?«

»Ja.«

»Haben Sie Ihrem Gatten jemals Gift in irgendeiner Form gereicht?«

»Nein.«

»Sehen Sie fern?«

»Ja.«

»Befand sich das Gift, das Ihrem Gatten eingegeben wurde, jemals in Ihrem Besitz?«

»Nein.«

»Waren Sie gestern abend in El Paso?«

»Ja.«

»Haben Sie auf irgendeine Frage im Zusammenhang mit dem Tod Ihres Gatten und im Rahmen dieser Untersuchung mit einer Lüge geantwortet?«

»Nein.«

»Ich warte jetzt einige Minuten«, fuhr Monroe im gleichen einförmigen Tonfall fort. »Dann stelle ich Ihnen dieselben Fragen noch einmal. Bitte entspannen Sie sich und bewegen Sie sich möglichst wenig.«

Nach einiger Zeit nahm Monroe sein Verhör wieder auf und stellte schließlich dieselben Fragen noch ein drittes Mal. Als er mit seiner dritten Vernehmung zum Ende gekommen war, fragte er Mrs. Anson: »Haben Sie auf irgendeine meiner Fragen mit einer Lüge geantwortet?«

»Nein«, versetzte sie.

»Haben Sie versucht, auf irgendeine Weise das Ergebnis des Verhörs zu beeinflussen?«

»Nein.«

»Haben Sie Fragen mit Vorbehalt beantwortet?«

»Nein.«

»Damit«, verkündete Monroe, »ist die Untersuchung beendet.«

Er stand auf, zog den langen Papierstreifen aus dem Polygraphen, riß ihn ab und löste die Instrumente von Mrs. Ansons Körper.

»Möchten Sie jetzt ins Nebenzimmer gehen, Mrs. Anson? Ich komme in wenigen Minuten nach.«

Mason nickte den anderen zu. Sie öffneten die Tür des Beobachtungsraums und traten hinaus in das Wartezimmer, wo sie vorher gesessen hatten.

»Wie war's?« fragte Selma Anson den Anwalt.

»Es scheint alles in Ordnung zu sein«, versetzte Mason. »Ihre Stimme und Ihr Verhalten waren ruhig.«

»Wenn also die Untersuchung gut ausgefallen ist«, fragte sie, »wird er dann bezeugen, daß ich die Wahrheit gesagt habe?«

Mason nickte.

Der Reporter wandte sich nach dem Fotografen um, der eifrig Bilder schoß. Dann öffnete sich die Tür, und Monroe trat heraus. Er hatte das gefaltete Diagramm des Polygraphen bei sich.

Wieder machte der Fotograf eine Aufnahme.

»Nun?« fragte Mason.

»Meiner Meinung nach«, erklärte Monroe, »sagt diese Frau die Wahrheit.«

Der Reporter schoß zur Tür, gefolgt von seinem Fotografen.

Mason schüttelte Monroe die Hand, bezahlte das Honorar für die Untersuchung und wandte sich dann an Selma Anson.

»Fahren Sie jetzt nach Hause, Mrs. Anson, und vergessen Sie das alles. Beantworten Sie keinerlei Fragen. Kommen Sie, Della, ich glaube, wir haben uns ein gutes Mittagessen verdient.«

14

Della Street hatte die Zeitungen schon auf Masons Schreibtisch gelegt, als er sein Büro betrat. »Ehre und Ansehen wiederhergestellt«, lautete die Schlagzeile auf der Titelseite. Etwas kleiner stand darunter: »Masons Mandantin unterm Lügendetektor«.

»Wie hat unser Freund denn seine Sache gemacht, Della?«

»Großartig«, versicherte Della Street. »Er hat unsere Story wirklich ausgeschlachtet. Sie bringen die ganze Geschichte der Entwicklung des Polygraphen, alles über den verstorbenen Leonarde Keeler, und dann noch ein Interview per Telefon mit dem Präsidenten der American Polygraph Association.«

»Irgendwelche Reaktionen?« fragte Mason.

»Bis jetzt nicht«, antwortete Della Street. »Aber es ist noch früh. Das...«

Das Telefon klingelte. Della Street nahm den Hörer ab. »Ja, Gertie?« Dann wandte sie sich lächelnd nach Mason um. »Staatsanwalt Hamilton Burger ist am Apparat. Er möchte Sie persönlich sprechen.«

»Sagen Sie Gertie, sie soll mich verbinden.« Er nahm den Hörer zur Hand. »Ja, Hamilton«, sagte er. »Guten Morgen. Wie geht's, wie steht's?«

»Was, zum Teufel, wollen Sie mit diesem Wirbel im Fall Anson erreichen?« fragte Burger erbost.

»Damit möchte ich nur den Bekanntmachungen der Polizei entgegenwirken, die verbreitete, daß Selma Anson die Stadt verlassen hätte, um einer polizeilichen Vernehmung zu entgehen.«

»Sie hätten der Polizei die Vernehmung nur zu gestatten brauchen.«

»Hätte die Polizei der Presse dann auch bekanntgegeben, daß Selma Anson unschuldig ist?«

»Wir halten sie nicht für unschuldig, ganz gleich, wie viele Untersuchungen mit dem Lügendetektor Sie inszenieren.«

»Aber, aber«, beschwichtigte Mason den erregten Staatsanwalt. »Ich hab' das gar nicht gern, wenn der Polygraph als Lügendetektor bezeichnet wird. Das ist so laienhaft, Hamilton. Sie wissen doch, daß hier eine rein wissenschaftliche Untersuchung vorgenommen wurde.«

»Schon gut, schon gut«, versetzte Burger gereizt. »Ich darf Sie aber trotzdem darauf aufmerksam machen, daß die Gerichte Sensationen dieser Art gar nicht gern sehen.«

»Welcher Art?«

»Nun, die Veröffentlichung des Tests mit dem Lügendetektor.«

»Ach, ich wußte gar nicht, daß das Gerät schon früher zum Nachweis der Unschuld eines Verdächtigen eingesetzt wurde«, entgegnete Mason. »Im allgemeinen benutzt die Polizei den Test doch dazu, einen Menschen zu einem Geständnis zu bewegen. Und wenn das Geständnis dann nicht erfolgt, bezeichnet man die Untersuchung als mißlungen. Ich gehe hier einen ganz neuen Weg. Wenn eine Sache soviel Staub aufwirbelt wie dieser Fall, und zwar dank der Polizei, dann halte ich es für angebracht und richtig, daß sich die verdächtige Person einem wissenschaftlichen Verhör unterzieht und daß der Öffentlichkeit das Ergebnis bekanntgegeben wird.«

»Das werden die Gerichte nicht zulassen«, wandte Burger ein.

»Was wollen sie dagegen tun?«

»Das werden Sie schon sehen.«

»Mit anderen Worten«, meinte Mason, »die Gerichte werden zu verhindern suchen, daß ein rechtschaffener Bürger vor aller Welt seine Unschuld verkündet?«

»Wenn es auf diese Art und Weise geschieht, ja.«

»Warum?«

»Die Gerichte erlauben ja auch nicht, daß man an Hand einer Polygraphenuntersuchung die Schuld eines Verdächtigen nachweist.«

»Richtig«, stimmte Mason zu. »Wie aber steht es mit einem Geständnis? Stimmen die Gerichte der Veröffentlichung eines Geständnisses zu?«

»Nicht mehr«, versetzte Burger. »Wenn ein Angeklagter festgenommen ist, wenn er gesteht, dann gestattet die Polizei nicht, daß dieses Geständnis öffentlich bekanntgemacht wird.«

»Schön«, meinte Mason. »Betrachten wir jetzt doch die Sache einmal aus der entgegengesetzten Richtung. Nehmen wir an, der Angeklagte behauptet, er wäre unschuldig. Wird das Gericht ihn daran hindern, vor aller Öffentlichkeit seine Unschuld zu beteuern?«

»Natürlich nicht.«

»Mit einem solchen Fall haben wir es hier zu tun«, erklärte Mason. »Das Gericht hätte einer Veröffentlichung des Testergebnisses entgegenwirken können, wenn dem Verdächtigen damit seine Schuld nachgewiesen worden wäre, wenn er verhaftet worden wäre. Doch in diesem Fall ist die Verdächtige nicht verhaftet worden. Hier hat sich eine Frau, deren Ruf durch üble Anspielungen und direkte Beschuldigungen in den Schmutz gezogen wurde, freiwillig einem wissenschaftlichen Verhör unter Zuhilfenahme eines Polygraphen unterzogen. Soll ihr dieses Recht versagt werden?«

»In der Sache ist das letzte Wort noch lange nicht gesprochen«, schnaubte Burger. »Ich darf schon jetzt darauf hinweisen, daß ich zum geeigneten Zeitpunkt und am geeigneten Ort persönlich das Gericht zum Einschreiten auffordern werde.«

»Welches Gericht?«

»Das Gericht, das Selma Anson den Prozeß machen wird.«

»Wird es denn zu einem Prozeß kommen?«

»Wir haben Beweismaterial, das gegenwärtig noch ausgewertet wird«, antwortete Burger. »Ich halte es für sehr wahrscheinlich, daß man sie vor Gericht stellen wird, trotz Ihres mit der üblichen Verve inszenierten Knalleffekts.«

»Haben Sie vor, der Presse darüber eine Erklärung abzugeben?«

»Ich habe der Presse den Standpunkt der Staatsanwaltschaft bereits mit der gehörigen amtlichen Würde erläutert.«

»Mit anderen Worten, Sie haben sich alle Mühe gegeben, aus meinem Knalleffekt, wie Sie es nennen, eine Fehlzündung zu machen.«

»Ganz und gar nicht. Man hat mich gebeten, den Standpunkt der Staatsanwaltschaft zu erläutern, und das habe ich getan.«

»Wenn wir wirklich vor Gericht gehen sollten«, meinte Mason, »werde ich mir diese Erklärung einmal ansehen und feststellen, ob sie irgend etwas enthält, das dazu geeignet ist, die Öffentlichkeit unziemlich zu beeinflussen.«

»Ausgerechnet Sie«, zischte Burger. »Nach dem Wirbel, den Sie gemacht haben.«

»Jeder Mensch gilt so lange als unschuldig, bis seine Schuld eindeutig erwiesen ist, Burger.«

»Besten Dank für die Belehrung.«

»Keine Ursache«, gab Mason gutgelaunt zurück. »Es war mir ein Vergnügen. Wenn Sie einen Rat brauchen, können Sie mich jederzeit anrufen.«

Burger knallte den Hörer auf.

Mason lächelte Della Street zu. »Er sagt, daß er vor der Presse eine Erklärung abgegeben hat.«

»Die ist aber noch nicht veröffentlicht worden.«

»Wir werden sie wahrscheinlich in den Nachmittagsausgaben lesen«, erwiderte Mason.

Wieder läutete das Telefon.

»Ja, Gertie«, sagte Della Street. Dann drehte sie sich nach Perry Mason um. »George Findlay ist im Vorzimmer. Gertie meint, er wäre offensichtlich wütend; er verlangt Sie zu sprechen.«

»Er verlangt es, was?«

»Ja, so drückte sich Gertie aus.«

»Dann wollen wir doch diesem Verlangen eiligst stattgeben«, meinte Mason. »Führen Sie ihn herein.«

Della Street war skeptisch. »Er ist wütend, Perry. Sollen wir nicht lieber Paul Drake herbitten und...«

»Wenn er mir zu nahe kommt«, unterbrach Mason grimmig, »drehe ich ihm den Kragen um.«

Della Street zögerte einen Moment und schritt dann resigniert zur Tür. Einen Augenblick später kehrte sie mit George Findlay zurück.

George Findlay, ein kraftstrotzender, stiernackiger Mann Ende Zwanzig, stürmte schnurstracks auf Perry Mason zu.

»Was, zum Teufel, hat das alles zu bedeuten?« schäumte er.

Mason musterte den Mann gelassen. »Zunächst würde mich einmal interessieren, was Sie hier eigentlich wollen«, versetzte er. »Im allgemeinen empfange ich nur Mandanten, die angemeldet sind, aber in Ihrem Fall habe ich eine Ausnahme gemacht, weil Sie etwas erregt zu sein scheinen. Also, was wünschen Sie?«

»Sie mischen sich da in eine Familienangelegenheit«, rief Findlay.

»Nehmen Sie Platz«, forderte Mason ihn auf. »Erklären Sie mir, warum es mir nicht gestattet sein sollte, mich in eine Familienangelegenheit zu mischen. Das gehört zum Alltag eines Anwalts.«

»Unsere Sache liegt anders«, entgegnete Findlay. »Diese Frau ist eine berechnende Mitgiftjägerin. Sie hat ihren ersten Mann getötet und wird nicht davor zurückschrecken, auch Onkel Dee umzubringen, wenn sie ihn in die Klauen kriegt.«

»Können Sie Ihre Behauptungen mit Beweisen stützen?« erkundigte sich Mason.

»Darauf können Sie sich verlassen.«

»Dann halte ich unsere Unterredung für reine Zeitvergeudung. Ich würde Ihnen raten, den Staatsanwalt aufzusuchen«, sagte Mason.

»Deswegen bin ich gekommen.«

»Tatsächlich?« rief Mason. »Dann tun Sie sich bitte keinen Zwang an. Schütten Sie ruhig Ihr Herz aus.«

»Sie vertreten Selma Anson«, sagte Findlay. »Mir persönlich ist Selma Anson schnurzegal. Meinetwegen kann sie zwanzig Ehemänner umbringen, Mir geht es nur darum, Onkel Dee vor ihr zu bewahren. Onkel Dee ist ein liebenswerter, aber leider auch sehr vertrauensseliger Mensch, der keine Ahnung von den Realitäten des Lebens hat. Typen vom Schlag dieser Selma Anson durchschaut er nicht. Er läßt sich blenden, hat sich auch von ihr blenden lassen. Ich habe Selma Anson Gelegenheit gegeben, aus seinem Leben zu verschwinden. Soviel ich weiß, hat sie diese Gelegenheit auch ergriffen, doch dann erschienen Sie auf der Bildfläche und stifteten heilloses Durcheinander.«

»Inwiefern?«

»Mit diesem verdammten Lügendetektor.«

Mason lächelte. »Es war in diesem Fall kein Lügendetektor, wie Sie es formulieren, sondern ein Wahrheitsdetektor. Ich wollte ein für allemal feststellen, daß meine Mandantin unschuldig ist.«

»Ich habe keine Ahnung, was Sie überhaupt bezwecken, und es ist mir auch gleichgültig«, erklärte Findlay. »Das Ergebnis des Tests ist vor Gericht sowieso nicht als Beweis zugelassen.«

»Ich versuche ja auch gar nicht, es als Beweismaterial einzuführen«, versetzte Mason. »Meine Mandantin steht nicht vor Gericht.«

»Dazu wird es aber kommen.«

»Was soll das heißen?«

»Ich habe versucht, mich gütlich mit Ihrer Mandantin zu einigen«, sagte Findlay. »Ich will Ihnen reinen Wein einschenken, Mason, aber falls Sie jemals den Versuch machen sollten, mich wegen dieser Unterhaltung hier ins Kreuzverhör zu nehmen, so kann ich Ihnen jetzt schon sagen, daß das keinen Sinn hat. Ich werde schwören, daß die Unterhaltung nie stattgefunden hat. Vielleicht könnten Sie jetzt Ihre Sekretärin für einen Moment hinausschicken, dann wollen wir von Mann zu Mann reden.«

Mason schüttelte den Kopf. »Meine Sekretärin bleibt hier. Wenn Sie etwas zu sagen haben, wofür Sie später nicht geradestehen wollen, dann würde ich Ihnen raten zu gehen und gar nicht erst den Mund aufzumachen.«

»Moment mal!« Findlay hob die Hand. »So kommen wir nicht weiter.«

»Das ist meiner Ansicht nach auch gar nicht nötig.«

»Da bin ich anderer Meinung.«

»Wieso?

»Weil ich Ihrer Mandantin helfen kann.«

»In welcher Weise?«

»Ich bin nicht bereit, meine Karten auf den Tisch zu legen, ehe ich weiß, was Sie in der Hand halten«, versetzte Findlay.

»Meine Situation ist schnell erklärt«, erwiderte Mason. »Ich vertrete Selma Anson. Es wurden Gerüchte laut, daß sie etwas über den Tod ihres Mannes wüßte, was sie zu verheimlichen suche. Es wurde angedeutet, daß sie ihrem Mann Gift verabreicht habe. Diese Andeutungen und Gerüchte sind verleumderisch und erfüllen den Tatbestand der üblen Nachrede. Sobald ich festgestellt habe, von wem diese Gerüchte stammen, wann die Anspielungen gemacht wurden und wem gegenüber, gedenke ich etwas dagegen zu unternehmen.«

»Mit Drohungen können Sie mir nicht kommen.«

»Das sind keine Drohungen, sondern sachliche Feststellungen.«

»Ich betrachte sie als Drohungen.«

»Wie Sie das auffassen, muß ich Ihnen überlassen.«

»Sie wollen doch die Interessen Ihrer Mandantin wahrnehmen, nicht wahr?«

»Richtig.«

»Da kann ich Ihnen unter Umständen sehr nützlich sein.«

»Was wollen Sie?«

»Mr. Mason, nennen wir die Dinge doch beim Namen. Ich möchte Ihnen meinen Standpunkt klarmachen.«

»Und was ist Ihr Standpunkt?«

»In gewisser Weise könnten Sie mich als Freund der Familie Arlington bezeichnen.«

»In gewisser Weise?«

»Ja.«

»Und in anderer Weise?«

»Bin ich Geschäftsmann.«

»Bitte fahren Sie fort.«

»Delane Arlington – Onkel Dee – ist ein großartiger Mensch.«

»Da stimme ich zu.«

»Wie wir alle, wird er natürlich mit jedem Tag älter.«

»Das ist der normale Gang der Dinge.«

»Er ist jetzt in einem Alter, in dem er sich ein wenig einsam fühlt. Gerade aus diesem Grund ist er für ein bißchen Freundlichkeit und Schmeichelei besonders empfänglich. Und unter diesen Umständen tauchte Ihre Mandantin auf und drängte ihm ihre Bekanntschaft geradezu auf. Wir wissen alle, daß ein verliebter Mann jedes Gefühl für die echten Werte verliert.«

»Sie selbst sind wohl immun gegen solche Torheiten?«

Findlay lachte. »Natürlich nicht. Ich bin mit Mildred Arlington verlobt. Wir wollen bald heiraten.«

»Und deshalb«, bemerkte Mason, »sind Sie sehr daran interessiert, daß das Geld des guten Onkel Dee in der Familie bleibt?«

»So können Sie es ausdrücken, wenn Sie wollen.«

»Es war nur eine Frage«, entgegnete Mason.

»Wir haben uns schließlich geeinigt, das Kind beim Namen zu nennen.«

»Sprechen Sie ruhig weiter«, drängte Mason ihn.

»Für Sie ist Selma Anson nichts anderes als eine Mandantin. Sie sehen ihre Schwächen nicht, nehmen sie so, wie sie sich gibt. Und das ist Ihr gutes Recht, sogar Ihre Pflicht. Doch die Tatsachen lassen sich nun einmal nicht wegleugnen. Selma Anson tötete ihren Mann, Bill Anson, um die Versicherung zu kassieren. Das Geld hat sie gut angelegt und große Gewinne gemacht. Sie ist aber eine ehrgeizige und geldgierige Person, außerdem nicht dumm. Sie möchte noch mehr Geld zusammenraffen. Deshalb hat sie es darauf angelegt, Delane Arlington zu heiraten. Wenn sie ihn erst hat, wird sie ihn schon dazu bringen, ein Testament zu ihren Gunsten zu machen. Und danach hat Delane Arlington keine zwölf Monate mehr zu leben. Selma Anson ist eine gerissene Opportunistin.«

»Und wie steht es mit Ihnen selber?« fragte Mason.

»Schön«, meinte Findlay, »ich will gar nicht leugnen, daß ich auch ein Opportunist bin. Ich bin ebenfalls nicht auf den Kopf gefallen.«

»Nur weiter«, sagte Mason.

»Der Staatsanwalt möchte Selma Anson des Mordes an ihrem Mann überführen. Der Versicherungsgesellschaft liegt sehr daran nachzuweisen, daß Selma Anson ihren Mann umgebracht hat und deshalb keinen Anspruch auf die Entschädigung hatte, sondern lediglich als Treuhänderin fungierte. Ich kann sowohl dem Staatsanwalt als auch der Versicherungsgesellschaft das Beweismaterial liefern, das zu einer Verurteilung nötig ist.«

»Kein Kommentar«, bemerkte Mason.

»Mir ist natürlich klar, daß Sie als Anwalt sich nicht auf einen Kuhhandel einlassen können. Das kann auch ich in meiner Eigenschaft als Zeuge mir nicht leisten. Aber ich habe es satt, von der Polizei als Spitzel und Informant angesehen zu werden. Mir liegt nichts daran, Selma Anson Schwierigkeiten zu machen. Sie ist im Grund kein übler Kerl, abgesehen von einigen unangenehmen Charakterzügen. Außerdem will ich nicht über andere zu Gericht sitzen.«

»Weiter«, sagte Mason.

»Also, wenn ich dazu gezwungen werde, kann ich ohne weiteres eine Heirat zwischen Selma Anson und Delane Arlington verhindern. Ich brauche sie nur wegen des Mordes an ihrem Mann vor Gericht stellen zu lassen. Meinen Zwecken wäre das sehr dienlich. Wenn andererseits Selma Anson sich bereit findet, aus freien Stücken auf eine Heirat mit Delane Arlington zu verzichten, dann wird die Staatsanwaltschaft ihr nichts anhaben können. Ich glaube nicht, daß man ohne mich genügend Beweismaterial gegen sie hat.«

»Kein Kommentar«, sagte Mason wieder.

»Ich finde aber, es ist an der Zeit, daß Sie sich äußern.«

»Wie Sie wollen«, erwiderte Mason. »Hinaus!«

»Was soll das heißen?«

»Verschwinden Sie!« rief Mason und stand auf, um die Tür zu öffnen.

»Halt! Nicht so hastig«, protestierte Findlay. »Sie können mich doch nicht einfach so abschieben. Schließlich haben Sie Ihrer Mandantin gegenüber eine Verpflichtung. Es ist Ihre Aufgabe, einen Kompromiß zu schließen, wenn das zu ihrem Vorteil ist. Ich habe Ihnen angeboten...«

»Raus!« unterbrach Mason.

Findlay sprang auf. »Ich sage Ihnen...«

Mason trat einen Schritt auf ihn zu. »Verschwinden Sie!«

Findlay interpretierte den Ausdruck in den Augen des Anwalts richtig. Er drehte sich um und steuerte auf die Tür zu. »Das werden Sie Ihr Leben lang bereuen.«

»Raus!« wiederholte Mason.

»Vergessen Sie nicht, daß Sie mich damit gezwungen haben, meine Trumpf auszuspielen.

»Wenn Sie nicht innerhalb von zwei Sekunden verschwunden sind«, versetzte Mason, »spiele *ich* meinen Trumpf aus.«

Findlay retirierte hastig.

Mason schloß die Tür hinter ihm.

»Glauben Sie, daß er nur blufft?« wollte Della Street wissen.

Mason schüttelte den Kopf. »Ich glaube, daß man Selma Anson innerhalb der nächsten vierundzwanzig Stunden unter Mordverdacht verhaften wird.«

»Was, vermuten Sie denn, hat Findlay gegen sie in der Hand? Irgendeinen unwiderlegbaren Beweis?«

Mason nickte nachdenklich. »Ja, sonst wäre er nicht hergekommen. Wenn ich mitgespielt hätte, dann hätte er mir auch verraten, was er weiß.«

»Aber Sie wollten ihm die Gelegenheit dazu nicht geben?«

»Mit Leuten seines Schlags mache ich keine Geschäfte«, versetzte Mason. »Ich habe meiner Mandantin gegenüber eine Pflicht zu erfüllen, doch ich bin auch meinem Beruf und mir selbst verpflichtet.«

»Ich dachte schon, Sie würden ihm eine runterhauen.«

Mason seufzte. »Ich war nahe daran«, gestand er. »Wenn ich's getan hätte, dann hätte ich das wahrscheinlich ein ganzes Jahr lang bereut.«

»Und so?«

»So werde ich es mein Leben lang bereuen.«

15

Als Mason am folgenden Morgen sein Büro betrat, begrüßte Della Street ihn lächelnd.

»Daphne Arlington ist hier«, berichtete sie, »und möchte Sie sprechen. Gertie erzählt, daß sie schon im Treppenhaus stand, als sie ankam.«

»Haben Sie eine Ahnung, was sie will?« fragte Mason. »Diese Geschichte wird mir ein bißchen zu kompliziert.«

»Sie scheint ziemlich erregt zu sein. Ich hatte den Eindruck, daß sie sich mir ohne weiteres anvertraut hätte, nur vor Gertie wollte sie nicht sprechen.«

»Sie ist ein netter Kerl«, meinte Mason. »Führen Sie sie herein.«

Della Street nickte und ging ins Vorzimmer.

»Tut mir leid, daß Sie warten mußten, Daphne«, sagte Mason, als das junge Mädchen mit Della Street eintrat. »Ich habe mich heute morgen ein wenig verspätet.«

»Das macht nichts, Mr. Mason. Ich wollte nur unbedingt mit Ihnen sprechen, bevor – bevor irgend etwas geschieht.«

»Was befürchten Sie denn?« fragte Mason.

»Ach, es ist alles so verwickelt«, seufzte sie. »Ich weiß gar nicht, wo ich anfangen soll. Aber es geht vor allem um George Findlay und natürlich auch um Mildred. Mildred ist nämlich vollkommen in Georges Fahrwasser. Sie steht ganz und gar unter seinem Einfluß.«

»Ein Mann mit Ausstrahlung, offensichtlich«, stellte Mason fest.

»Und völlig gewissenlos«, ergänzte Daphne. »Ich bin hauptsächlich seinetwegen gekommen.«

Mason kniff die Augen zusammen. »Er hat Sie gebeten, bei mir vorzusprechen, um...«

»Nein, nein. Mißverstehen Sie mich nicht, Mr. Mason. Ich will wirklich nur Onkel Dees Bestes und bin überzeugt, daß Selma Anson die richtige Frau für ihn ist. Ich weiß, daß mir daraus wahrscheinlich finanzielle Nachteile entstehen, aber das kümmert mich nicht. Ich würde mich schrecklich freuen, wenn die beiden miteinander glücklich würden. Nur sieht es jetzt so aus, als wäre alles vorbei.«

»Wieso?«

»Selma Anson würde Onkel Dee niemals ihr Jawort geben, solange diese dunkle Wolke über ihr hängt. Und ich fürchte, das Gewitter wird sich nicht so schnell verziehen.«

»Wie verhält sich denn Ihr Onkel?«

»Onkel Dee ist fest entschlossen, sie zu heiraten. Er meint, Selma Anson braucht männlichen Schutz. Er würde ihr sofort einen Antrag machen... Ich glaube sogar, er hat es schon getan.«

»Aber Mrs. Anson will nichts davon wissen?«

»Versetzen Sie sich doch einmal in ihre Lage, Mr. Mason. Erst diese Geschichten in der Zeitung, der Klatsch und die Gerüchte. Das Zischeln der Leute, in deren Kreisen sie als die Frau von Onkel Dee verkehren müßte. Die Feindseligkeit, die man ihr in unserer Familie entgegenbringt. Das könnte sie auf die Dauer nicht aushalten. Daran würde die Ehe wahrscheinlich zugrunde gehen. Auch Onkel Dee könnte es auf lange Sicht nicht ertragen, er müßte sein ganzes Leben ändern. Und stellen Sie sich einmal vor, er bekäme eine Magengrippe oder so etwas... Sie können sich wohl denken, was dann passieren würde. Gleich wäre eine ganze Schar von Nichten und Neffen zur Stelle, um ihn ins Krankenhaus zu verfrachten und auf Arsenvergiftung untersuchen zu lassen.«

Mason hüllte sich in nachdenkliches Schweigen.

»Und jetzt«, sagte Daphne, »kommen wir zu dem Anlaß, der mich so früh hierherführt. Ich weiß, daß George Findlay bei Ihnen war. Er hoffte wahrscheinlich, einen Handel mit Ihnen abzuschließen, denn er glaubt, daß Selma Anson sich bereit erklären würde, für einige Zeit von der Bildfläche zu verschwinden, wenn Sie Ihre Zustimmung geben würden. Dafür hat er Ihnen wohl angeboten, das, was er angeblich über Selma Anson weiß, für sich zu behalten und die ganze häßliche Geschichte im Sande verlaufen zu lassen. Sie haben sich anscheinend auf einen solchen Kuhhandel nicht eingelassen.« Daphne schwieg einen Moment und holte Atem. »Gestern kam ich zufällig ins Wohnzimmer, um mir ein Buch zu holen, das ich dort liegengelassen hatte. Ich kam vom Tennisspielen und hatte Tennisschuhe an. Deshalb hörte man meine Schritte nicht. Ich hatte wirklich nicht die Absicht zu lauschen und wußte gar nicht, daß jemand im Zimmer war. Als ich die Tür öffnete, bemerkte ich Mildred und George, ganz nahe beieinander auf dem Sofa. Sie hatten offenbar irgend etwas ausgeheckt und waren dabei, ihre Pläne noch einmal durchzusprechen. Ich hörte George nämlich folgendes sagen: ›Und wir überlassen es deinem Onkel, das Beweisstück zu entdecken, das...‹ Dann sah Mildred mich und trat George gegen das Schienbein. George kapierte sofort. Er drehte sich nicht einmal um, zögerte nur einen Moment und sprach dann weiter: ›... das Beweisstück‹, sagte er, ›das ihm zeigen wird, daß diese Investition reine Geldverschwendung wäre. Ich halte es für besser, ihn auf diese Weise zu überzeugen.‹ Mildred sagte: ›Ja, ich auch.‹ Dann blickte sie hoch und fragte mich: ›Wolltest du etwas, Daphne?‹ Ich erklärte, daß ich mein Buch vergessen hätte, und ging wieder hinaus. Aber ich bin ganz sicher, Mr. Mason, daß die beiden etwas ausgeheckt haben. Ich glaube, daß sie irgendwo etwas verstecken wollen, das Onkel Dee dann finden soll. Und es soll ihn restlos von Selma Ansons Schuld überzeugen. Sie können sich vorstellen, was dann passiert. Onkel Dee würde natürlich der Polizei berichten müssen, die Polizei würde ihn als Zeugen aufrufen. Er würde zwar einen äußerst widerwilligen Zeugen abgeben, aber ich weiß, daß er unter allen Umständen die Wahrheit sagen würde. Und wenn dann *seine* Aussage zu Selma Ansons Verurteilung führt, dann hätte George Findlay sein Ziel erreicht.«

»George Findlay und Mildred wollen heiraten?« erkundigte sich Mason.

»Ja. Manchmal glaube ich sogar, daß sie schon verheiratet sind. Vielleicht haben sie heimlich geheiratet. Sie haben es nur noch nicht bekanntgegeben, weil sie warten wollen, bis Onkel Dee sich an den Gedanken gewöhnt hat. Onkel Dee mag nämlich George nicht besonders, wissen Sie. Aber er ist ein sehr toleranter Mensch und vertritt die Ansicht, daß man solche Dinge sich von selbst entwickeln lassen soll. Ich glaube, daß Mildred im Moment einfach Angst hat, Onkel Dee würde sie benachteiligen, wenn sie jetzt zu George zieht. Sie hat Angst, zu kurz zu kommen. Auf der anderen Seite ist ihr aber klar, daß es nur Ärger und Streit geben würde, wenn sie George heiraten und mit ihm zusammen zu Onkel Dee ziehen würde.«

»Wer wohnt eigentlich alles im Haus Ihres Onkels?« fragte Mason.

»Also – ich natürlich. Dann Fowler und Lolita. Fowler ist mein älterer Bruder. Wir drei leben bei Onkel Dee. Dann habe ich noch einen zweiten Bruder, knapp ein Jahr älter als ich. Er heißt Marvin, ist verheiratet und wohnt in San Franzisko. Wir sehen ihn nur selten, meistens bei familiären Anlässen. Er hat noch keine Kinder, ist erst seit einem Jahr verheiratet. Dann wohnt auch Mildred natürlich bei uns.«

»Ist es ein großes Haus?« wollte Mason wissen.

»Ein wahres Monstrum mit unzähligen Zimmern, die man kaum sauberhalten kann, und einem unheimlich großen Park. Wir helfen natürlich bei der Hausarbeit. Onkel Dee hat eine Haushälterin, die jeden Morgen kommt, und eine Köchin. Die beiden wohnen nicht bei uns.«

»Ein großes Grundstück, wie?«

»Das kann man wohl sagen. Wir haben einen Tennisplatz, ein Schwimmbecken, ein großes Gartenhaus und einen großen offenen Kamin, wo wir im Sommer oft essen. Wir braten das Fleisch am Spieß und essen dann gleich dort.«

»Ihr Onkel ist also wohlhabend«, stellte Mason fest.

»Sehr wohlhabend.«

»Hat er gern Gäste?«

»Früher schon«, antwortete Daphne, »aber jetzt ist es so schwer, Angestellte zu finden, daß er keine großen Partys mehr gibt. Früher hatten wir fast jede Woche Gartenfeste. Gleich bei der Feuerstelle haben wir einen riesigen Tisch; alles, was man zum Kochen braucht, ist vorhanden. Onkel Dee hat eine Schwäche für Steaks, die auf Holzkohle gebraten sind. Er hatte ein geheimes Rezept für die Sauce und – ach, Sie wissen ja, wie Männer sind.«

»O ja, das weiß er«, bemerkte Della Street lächelnd.

»Sie befürchten also, daß man falsche Beweise unterschieben will«, meinte Mason.

»Ich weiß nicht. Ich weiß nur, daß Mildred ein ganz gerissenes und selbstsüchtiges Frauenzimmer ist. Und George Findlay ist meiner Ansicht nach ein Schmarotzer. Der würde jedem Honig um den Bart schmieren, wenn er sich davon Vorteile verspricht.«

»Das Abendessen, bei dem Bill Anson sich die Vergiftung zuzog, fand doch im Hause Ihres Onkels statt?« fragte Mason.

»Ja, wir aßen draußen im Freien. Es war eigentlich eine Familienfeier, aber Onkel Dee hatte Bill Anson und seine Frau eingeladen, weil er mit Bill Anson etwas Geschäftliches besprechen wollte. Ich glaube, es handelte sich um ein Grundstück. Es war ein warmer Abend, und Onkel Dee war großartiger Laune. Er briet Steaks, die er in seiner Geheimsauce gebeizt hatte. Lolita hatte den Salat gemacht. Sie wissen ja, daß Onkel Dee eine Schwäche für Krabbensalat hat. Lolita hatte den Salat schon am Mittag zubereitet und in den Kühlschrank gestellt. Später nahm sie die Schüssel heraus, weil sie Platz brauchte. Sie wollte im Kühlschrank ein bißchen Ordnung machen und dann den Salat wieder hineinstellen. Aber dann mußte sie ans Telefon und hinterher zum Friseur, wo sie schon angemeldet war. Und vor lauter Eile vergaß sie, den Salat wieder in den Kühlschrank zu stellen. Sie hatte zwar eine Plastikhaube über der Schüssel, aber es war ein heißer Tag, und ich glaube, der Salat stand den ganzen Nachmittag in der warmen Küche. Das streitet Lolita allerdings ab.«

»Es wird schwer sein, nachzuweisen, daß Anson an einer Arsenvergiftung starb, wenn man bedenkt, was hier alles mitgespielt hat«, meinte Mason. »Das Essen fand also im Garten am Kamin statt?«

»Ja. Ich sagte Ihnen ja schon, daß wir einen langen Tisch da unten haben und elektrische Lichter und sogar fließendes Wasser. In einem kleinen Schuppen gleich daneben haben wir eine richtiggehende Miniaturbar und eine Küche mit Spülbecken und so.«

»Und nach dem Essen wurde allen übel?«

»Ja, alle, die Krabbensalat gegessen hatten, fühlten sich ein bißchen komisch. Onkel Dee machte die Geschichte ziemlich zu schaffen. Und der arme Mr. Anson wurde so krank, daß man ihn ins Krankenhaus bringen mußte.«

»Niemand dachte an irgend etwas anderes als Lebensmittelvergiftung?«

»Niemand.«

»Gibt Ihr Onkel auch jetzt noch solche Grillpartys?«

»Lieber Himmel, nein. Nicht um alles in der Welt würde er da hinuntergehen, nach allem, was da geschah. Nein, wir haben seitdem kein Gartenfest mehr gegeben.«

»Wer war damals alles da?« fragte Mason.

»Die ganze Familie, Mildred natürlich auch. Damals kannte sie George Findlay noch nicht. Dann war da noch mein Bruder Marvin mit seiner Frau Rosemary, Fowler mit Lolita, die ja sowieso im Haus wohnen. Dann Mr. und Mrs. Anson, natürlich auch Onkel Dee und ich. Das waren alle. Es war ja nur eine Familienangelegenheit.«

»Und diese Feier fand statt, noch ehe George Findlay auf der Bildfläche erschien?«

»O ja, drei oder vier Monate vorher. Mildred kannte ihn zu der Zeit noch gar nicht.«

»Erinnern Sie sich im Zusammenhang mit dem Abend an irgend etwas Besonderes?«

»Nein, an nichts. Es war nur furchtbar warm. Erst tranken wir ein paar Cocktails an der Bar, dann aßen wir und unterhielten uns eine Weile, später gingen wir zurück ins Haus. Und da klagte Mr. Anson dann über Magenschmerzen. Es wurde immer schlimmer, und seine Frau meinte schließlich, es wäre besser, wenn sie nach Hause führen. Ein bißchen später bekam auch Onkel Dee Krämpfe, und nach einer Weile fühlten wir uns alle etwas elend. Wir riefen den Arzt an. Er fragte uns, was wir gegessen hätten, und wir erwähnten natürlich auch den Krabbensalat. Daraufhin meinte er, es handle sich gewiß um eine Lebensmittelvergiftung. Er erklärte uns, daß sich ziemlich rasch Bakterien entwickeln können, wenn gewisse Nahrungsmittel zuerst im Kühlschrank aufbewahrt werden und dann längere Zeit ohne Kühlung bleiben.«

»Hat die Polizei sich die Feuerstelle angesehen?«

»O ja, erst vor ungefähr acht bis zehn Tagen waren mehrere Beamte da. Onkel Dee führte sie herum.«

»Wurden Aufnahmen gemacht?«

»Ja, ich glaube schon. Und dann tauchte natürlich auch der Mann von der Versicherung auf, dieser Herman Bolton. Er war zwei- oder dreimal da.«

»Warum so oft?« fragte Mason. »Was es da auch zu sehen oder zu finden gab, hätte er doch gleich beim erstenmal entdecken müssen.«

»Ja, das meine ich auch, aber er hat Onkel Dee jedesmal Fragen gestellt, und einmal ging er hinunter zum Feuerplatz, saß ganz ruhig dort und hielt Umschau. Dann machte er eine Skizze und danach Fotos.«

»Nun«, meinte Mason, »wir müssen jedenfalls auf der Hut sein. Ich kann mir zwar nicht vorstellen, wie man jetzt noch ein Beweisstück unterschieben will, aber andererseits hat das, was Sie sagen, Hand und Fuß. Wenn tatsächlich Ihr Onkel derjenige sein sollte, der einen Beweis gegen Selma Anson findet, dann würde ihr das das Herz brechen.«

»Ganz zu schweigen von der Wirkung, die es auf Onkel Dee hätte«, meinte Daphne. »Ich glaube, in einem solchen Fall würde er sich fast lieber umbringen, als dem Gericht das Material zu liefern. Sie glauben, daß es zu einem Prozeß kommen wird, nicht wahr, Mr. Mason?«

»Ich fürchte, ja«, antwortete Mason. »Meiner Ansicht nach arbeitet die Polizei langsam und verbissen. Wahrscheinlich hat man genug Material in der Hand, um die Sache vor ein Untersuchungsgericht zu bringen und eine amtliche Anklage zu erreichen.«

»Das ist alles so grausam und ungerecht«, sagte Daphne. »Glauben Sie, daß man Selma Anson verurteilen kann?«

»Selma Anson«, erwiderte Mason, »ist nicht der Typ einer Mörderin. Sie ist kein Mensch, der zu Gift greifen würde. Wenn sie ihren Mann nicht getötet hat, und davon bin ich überzeugt, wird es schwierig sein, einen Schuldspruch zu erreichen. Aber wir dürfen uns keinen Illusionen hingeben, Daphne. Es ist schon vorgekommen, daß Unschuldige in der Gaskammer endeten, weil andere falsches Zeugnis abgelegt hatten.«

»Sie meinen, es ist tatsächlich möglich, einem Unschuldigen einen Mord in die Schuhe zu schieben?«

»Unbedingt«, versetzte Mason.

»Das darf Selma Anson nicht geschehen«, sagte sie. »Dafür müssen Sie sorgen.«

»Ich werde mein Bestes tun«, versicherte Mason.

16

Paul Drake rief nachmittags um zwei Uhr an. »Setz dich lieber, Perry«, sagte er. »Ich habe eine wenig erfreuliche Nachricht.«

»Heraus mit der Sprache.«

»Selma Anson wurde heute wegen Mordes an ihrem Ehemann unter Anklage gestellt. Ich kann dir nicht sagen, woher ich es weiß, aber es stimmt.«

»Wann war das?«

»Vor ungefähr zwanzig Minuten.«

»Vielen Dank, Paul«, sagte Mason. »Da hab' ich noch ein bißchen Zeit.«

Mason legte auf und wandte sich an Della Street. »Selma Anson ist unter Anklage. Rufen Sie sie bitte sofort an, Della.«

Della wählte die Nummer und drückte den Hörer ans Ohr. Dann schüttelte sie den Kopf.

»Sie hat uns doch noch eine andere Nummer gegeben«, sagte Mason. »Versuchen Sie die einmal.«

»Wir haben sie«, verkündete Della Street einen Augenblick später. »Hier, Perry.«

»Mrs. Anson«, sagte Mason, »hier spricht Perry Mason. Wieviel Bargeld haben Sie zur Verfügung?«

»Warum? Brauchen Sie...?«

»*Ich* brauche gar nichts«, unterbrach Mason. »Aber Sie werden das Geld nötig haben.«

»Ich kann eine ziemlich große Summe aufbringen, wenn es sein muß.«

»Hunderttausend Dollar?«

»Ja.«

»Innerhalb einer halben Stunde?«

»Ich muß nur zwei Schecks ausschreiben.«

»Dann packen Sie Ihr Scheckbuch ein und kommen Sie auf dem schnellsten Weg hierher«, sagte Mason. »Wie lange werden Sie brauchen?«

»Ungefähr eine halbe Stunde.«

»Versuchen Sie, eher hierzusein, wenn es geht.«

Der Anwalt legte auf und schob seinen Stuhl zurück. Ruhelos wanderte er auf und ab. Zehn Minuten später ließ er sich mit Paul Drake verbinden.

»Paul«, sagte er, »setz einen Mann auf Findlay an.«

»Für wie lange?«

»Im Moment ohne zeitliche Begrenzung.«

»Das kostet Geld«, erklärte Drake. »Ich brauche mindestens drei Leute, von denen jeder acht Stunden auf den Beinen sein muß. Alle zwei Stunden steht ihnen eine Pause von zehn Minuten zu und...«

»Jammere mir nicht mit deinen Personalproblemen die Ohren voll«, unterbrach Mason; »ich hab' selber Sorgen genug. Laß Findlay beschatten. Wie du's machst, ist mir egal.«

»Okay«, versetzte Drake und legte auf.

Mason drehte sich nach Della Street um. »Verbinden Sie mich mit Leutnant Tragg, Della.«

Sie nickte. Wenig später sagte sie: »Leutnant Tragg am Apparat.«

»Hallo, Leutnant«, meldete Mason sich. »Ich möchte mich gern mal mit Ihnen unterhalten.«

»Worüber?«

»Über Mord.«

»Darüber unterhalte ich mich immer gern. Dachten Sie an einen bestimmten Mord?«

»Vielleicht«, antwortete Mason. »Könnten Sie in Ihrem Büro auf mich warten? Ich bin in vierzig Minuten dort.«

»Wichtig?« wollte Tragg wissen.

»Wichtig«, bestätigte Mason. »Und wenn Sie hören, was ich zu sagen habe, werden Sie mir zustimmen.«

»Gut, ich erwarte Sie«, versprach Tragg.

Mason legte auf. Zehn Minuten später meldete Gertie, daß Mrs. Anson eingetroffen sei.

Mason ging hinaus ins Vorzimmer, um sie zu empfangen. Er führte sie in sein Büro und schloß die Tür.

»Mrs. Anson, bereiten Sie sich auf einen Schock vor: Sie sind des Mordes an Ihrem Gatten angeklagt.«

Ihr Gesicht wurde blaß. Einen Moment schwankte sie. Della Street legte ihr den Arm um die Schultern und führte sie zu einem Sessel.

»Jetzt hören Sie mir bitte gut zu und tun Sie genau das, was ich Ihnen sage«, wandte sich Mason an seine Mandantin. »Ich werde alles versuchen, um Sie gegen Kaution freizubekommen. Doch um erfolgreich zu sein, müssen wir es genau planen.«

»Ich wußte gar nicht, daß das bei Mord überhaupt geht.«

»Es hängt allein vom Richter ab«, erklärte Mason. »Ich weiß nicht, was für Beweismaterial gegen Sie vorliegt. Die Staatsanwaltschaft weiß offenbar etwas, wovon wir keine Ahnung haben. Im wesentlichen geht es jetzt darum, der Polizei zuvorzukommen. Ich möchte, daß Sie mit mir zum Präsidium fahren, daß Sie absolutes Schweigen bewahren, wenn ich nicht zugegen bin, und daß Sie mir das Reden überlassen. Wenn Ihnen Fragen gestellt werden, beschränken Sie sich darauf zu erklären, daß Mr. Mason in Ihrem Namen spricht. Ich werde mit Ihnen zusammen das Haus im Lieferantenaufzug verlassen. Das ist wohl sicherer.« Mason nahm den Hörer ab und sagte: »Verbinden Sie mich mit dem Hausmeister, Gertie.« Einen Moment wartete er schweigend, dann, als sich der Hausmeister meldete, sagte er: »Perry Mason hier. Können Sie bitte den Lastenaufzug so schnell wie möglich heraufschicken? Ich muß etwas hinunterbringen.«

»Was denn?« erkundigte sich der Hausmeister argwöhnisch.

»Zwanzig Dollar«, versetzte Mason.

Einen Moment blieb es still, dann sagte der Hausmeister: »Der Aufzug kommt sofort, Mr. Mason.«

Mason nickte Della Street zu. »Halten Sie die Festung, Della. Wenn jemand nach mir fragt, sagen Sie, ich bin außer Haus und Sie haben keine Ahnung, wann ich zurückkomme. Laufen Sie jetzt schnell hinunter auf die Straße und holen Sie ein Taxi. Sagen Sie dem Fahrer, er soll in die Hintergasse kommen und vor dem Lieferantenausgang warten.«

Della Street nickte. Mason hielt ihr die Tür auf, sie wandte sich nach rechts und eilte zu den Aufzügen. Mason nahm Selma Anson am Arm und führte sie nach links zum rückwärtigen Teil des Gebäudes.

Der Lastenaufzug wartete schon. Breit grinsend sah der Hausmeister Mason entgegen. Der Anwalt drückte ihm eine Zwanzigdollarnote in die Hand.

»Danke«, murmelte der Hausmeister und warf einen abschätzenden Blick auf Selma Anson.

Die Tür des Aufzugs schloß sich, und die Kabine rumpelte hinunter ins Souterrain.

Mason führte Mrs. Anson die Treppe hinauf ins Erdgeschoß und durch die Tür auf die Hintergasse. Ein Taxi näherte sich langsam, Mason winkte dem Fahrer zu. Der fuhr an den Bordstein, und einen Moment später half Mason Selma Anson in den Wagen.

»Zum Polizeipräsidium«, sagte er.

Der Chauffeur warf Mason einen neugierigen Blick zu und erkannte ihn.

»Okay, Mr. Mason«, sagte er und bog in die Hauptstraße.

Mason führte Selma Anson zu Traggs Büro.

»Leutnant Tragg«, sagte er, »das ist die Dame, die Sie in El Paso sprechen wollten. Selma Anson.«

Tragg gab sich Mühe, keine Miene zu verziehen. »Guten Tag, Mrs. Anson«, begrüßte er die Frau.

»Wir hören, daß Mrs. Anson jetzt offiziell unter Anklage steht«, bemerkte Mason, »und sind gekommen, um uns der Gerechtigkeit zu stellen. Ich bitte darum, sie zu verhaften und sie so schnell wie möglich dem Richter vorzuführen.«

»Das muß der Staatsanwalt entscheiden«, erwiderte Tragg.

»Schön«, meinte Mason, »dann setzen Sie sich mit dem Staatsanwalt in Verbindung. Ich möchte aber festhalten, daß Mrs. Anson sich aus freien Stücken stellte, und bitte, das ins Protokoll aufzunehmen.«

»Woher wissen Sie von der Anklage?« fragte Tragg.

»Wurde es nicht im Radio durchgegeben?« versetzte Mason.

»Nein!« erklärte Tragg bestimmt.

Die Neuigkeit, daß Mason in Begleitung einer Dame das Büro Leutnant Traggs betreten hatte, verbreitete sich schnell. Auf dem Korridor versammelten sich Reporter.

Tragg öffnete seufzend die Tür. »Kommen Sie herein, meine Herren«, sagte er. »Dies sind Perry Mason, der Anwalt, und seine Mandantin, Mrs. Selma Anson. Sie hat sich freiwillig gestellt, nachdem sie hörte, daß sie wegen Mordes unter Anklage gestellt wurde. Ich werde jetzt den Staatsanwalt anrufen.«

»Und«, fügte Mason hinzu, »wir lassen Mrs. Anson verhaften und werden sie so rasch wie möglich dem Richter vorführen.«

»Wie ich bereits erklärte«, bemerkte Tragg, »muß diese Entscheidung dem Staatsanwalt überlassen bleiben.«

»Und der Polizei«, erklärte Mason bestimmt.

Fotoreporter begannen Aufnahmen zu machen, während die Journalisten die ersten Fragen abfeuerten.

Mason schüttelte den Kopf. »Keine Fragen, meine Herren«, sagte er. »Mrs. Anson wird zum geeigneten Zeitpunkt, am geeigneten Ort und auf ordnungsgemäße Weise ihre Erklärung abgeben.«

Ein junger Staatsanwalt, der sich zufällig im Haus befand, schloß sich der Gruppe an. Tragg erläuterte ihm, was vorging.

Mrs. Anson wurde in die Frauenabteilung des Gefängnisses gebracht. Man nahm ihr die Fingerabdrücke ab, trug sie ein und ließ sie dann auf Masons Drängen dem Richter vorführen.

»Euer Ehren«, begann Mason, »ich vertrete Selma Anson. Sie wurde heute wegen Mordes unter Anklage gestellt. Es sind keinerlei Beweise vorhanden, die eine solche Anklage rechtfertigen, und ich werde das, wenn es zum Prozeß kommt, auch nachweisen. Jetzt jedoch muß diese feinfühlige, hochgebildete Frau, die sich niemals in ihrem Leben etwas hat zuschulden kommen lassen, die niemals auch nur ein Strafmandat von der Verkehrspolizei hinnehmen mußte, es sich gefallen lassen, wegen vorsätzlichen Giftmordes unter Anklage gestellt zu werden. Trotz des Schocks, den ihr das versetzte, drang sie darauf, sofort zum Polizeipräsidium zu fahren, um sich zu stellen. Sie ist gekommen, um sich in die Hände des Gerichts zu begeben.«

»Was meinen Sie damit?« fragte der Richter.

»Ich bin der Meinung, daß wir es hier mit einem Fall zu tun haben, in dem die Angeklagte gegen Kaution auf freien Fuß gesetzt werden sollte.«

»Das ist bei einer Anklage wegen vorsätzlichen Mordes nicht zulässig«, wandte der Staatsanwalt ein.

»Es steht im Belieben des Gerichts«, versetzte Mason. »Diese Frau hat sich freiwillig gestellt, sie ist bereit, die Kaution in bar zu hinterlegen. Dem Gericht ist bekannt, daß eine Kaution nicht den Charakter einer Strafe hat. Eine Person, die sich vor Gericht begibt, um Freilassung unter Hinterlegung einer Kaution zu beantragen, kann nicht als schuldig angesehen werden. Das Gericht hat lediglich die Aufgabe, den Sachverhalt zu klären, die Umstände in Betracht zu ziehen und dann die Höhe der Kaution festzusetzen, deren alleiniger Sinn und Zweck es ist, dem Staat die Gewähr zu geben, daß der Angeklagte zur Gerichtsverhandlung erscheinen wird. In diesem Fall hat sich die Angeklagte freiwillig gestellt. Sie ist bereit, die Kaution in bar zu hinterlegen, und zwar den vollen Betrag.«

»Was würden Sie vorschlagen?« fragte der Richter.

»Wir wären mit fünfzigtausend Dollar einverstanden.«

Der Staatsanwalt sprang auf. »Euer Ehren, das ist lächerlich. Wir haben es hier mit vorsätzlichem Mord zu tun. Es gibt keinen Betrag, der groß genug wäre, um zu gewährleisten, daß die Angeklagte zur Verhandlung erscheint, wo unter Umständen ein Urteil auf Todesstrafe ergehen kann.«

»Wird die Staatsanwaltschaft denn die Todesstrafe beantragen?« erkundigte sich Mason.

»Das weiß ich nicht«, erwiderte der Staatsanwalt. »Ich hatte keine Gelegenheit, mich mit meinem Vorgesetzten zu beraten. Ich weiß nur, daß es sich um eine Anklage wegen vorsätzlichen Mordes handelt.«

»Wenn Sie nicht wissen, ob man die Todesstrafe beantragen wird«, meinte Mason, »dann versuchen Sie bitte nicht, das Gericht dadurch zu beeinflussen, daß Sie von einem Strafmaß sprechen, das auf vorsätzlichen Mord steht.«

Der Richter, der Selma Anson nachdenklich betrachtet hatte, wandte sich dem Staatsanwalt zu. »Haben Sie Einwendungen gegen eine Kaution von fünfzigtausend Dollar?«

»Gewiß«, antwortete der Staatsanwalt. »Ich betrachte den Betrag als unzureichend. Ich halte in diesem Fall eine Kaution für nicht angebracht und...«

»Der Angeklagten wird auferlegt, eine Kaution von hunderttausend Dollar zu hinterlegen. Danach ist sie auf freien Fuß zu setzen«, entschied der Richter.

»Wir haben das Geld hier«, sagte Mason. »Mrs. Anson wird die Schecks ausschreiben. Sie können innerhalb von Minuten auf ihre Deckung überprüft werden.«

»Sehr gut«, meinte der Richter. »Die Angeklagte ist auf freien Fuß zu setzen.«

»Ich danke Ihnen, Euer Ehren«, sagte Mason ernst und verbeugte sich.

17

Perry Mason führte Selma Anson zu einem Stuhl hinter der Verteidigerbank.

»Keine Geschworenen?« fragte sie.

»Nein«, antwortete Mason. »Ihr Fall wird vor Richter Leland Crowder verhandelt.«

»Aber warum haben wir denn keine Geschworenen?«

»Sehen Sie, das kommt immer auf den Fall an«, erklärte Mason. »Wenn ich einen Angeklagten zu verteidigen habe, dessen Sache mir fast hoffnungslos erscheint, wenn ich weiß, daß die Staatsanwaltschaft alle Trümpfe in der Hand hat, dann hole ich mir ein Schwurgericht. Da gelingt es einem manchmal, die Geschworenen durch rein menschliche Argumente für sich zu gewinnen, oder man kann wenigstens einen oder zwei Geschworene so für sich einnehmen, daß sie sich weigern, einem Schuldspruch zuzustimmen. Doch in diesem Fall will ich kein Schwurgericht, weil Sie gegen Kaution freigelassen worden sind.«

»Was spielt denn das für eine Rolle?«

Mason lächelte, ließ den Blick durch den gefüllten Gerichtssaal schweifen und sah auf seine Uhr.

»Richter Crowder scheint sich ein bißchen verspätet zu haben. Normalerweise ist er die Pünktlichkeit selbst. Crowder ist dafür bekannt, daß er seine Geschworenen unter Schloß und Riegel hält. Wenn es sich um Fälle handelt, bei denen mit ausführlichen Pressemeldungen gerechnet werden muß, bringt er es fertig, seine Geschworenen während des gesamten Prozesses praktisch einzusperren. Die Geschworenen werden überwacht, dürfen nicht ausgehen, keine Zeitungen lesen und dergleichen mehr.«

»Und?«

»Stellen Sie sich doch einmal die psychologische Wirkung vor«, sagte Mason, »besonders, wenn sich einige unter den Geschworenen das Beweismaterial des Staatsanwalts genauer ansehen und es für bare Münze nehmen. Da steht nun die Angeklagte vor ihnen, des Mordes beschuldigt, aber frei. Sie kann ausgehen, Nachtlokale besuchen, in teuren Restaurants speisen, während sie, die Geschworenen, in ihre Hotelzimmer eingepfercht sind und sich nicht von der Stelle rühren dürfen. Das sagt ihnen natürlich gar nicht zu.«

»Oh, das leuchtet mir ein«, meinte Selma Anson. »Aber, Mr. Mason, ich muß unbedingt... Ich meine, das Gericht wird doch hoffentlich die Kaution nicht aufheben?«

»Ich will versuchen, den Richter dazu zu bewegen, daß er die Kaution auch während der Verhandlungsdauer gelten läßt«, versprach Mason. »Ich weiß allerdings nicht, ob uns das gelingt.«

»Mr. Mason, wenn der Richter mich während des Prozesses ins Gefängnis schickt, komme ich um. Ich könnte es nicht ertragen.«

»Oh, so schlimm ist das nicht«, meinte Mason lächelnd. »Wenn Sie während der Verhandlungsdauer in Haft wären, so würden wenigstens...«

»Mr. Mason, ich sage es Ihnen doch: Ich gehe nicht ins Gefängnis!«

»Wenn der Richter Sie dazu verurteilt, wird Ihnen nichts anderes übrigbleiben.«

»Dann bringe ich mich um.«

»Ist das Ihr Ernst?«

»Mein voller Ernst.«

»Sie können sich darauf verlassen, daß ich mein Bestes tun werde«, versicherte Mason. »Aber ich fürchte, die Staatsanwaltschaft plant eine Überraschung. Ich habe keine Ahnung, worum es sich handelt, doch der Staatsanwalt hält es offenbar für ausreichend für eine Verurteilung.«

»Ist dieser Richter Crowder gerecht?«

»Unbedingt«, versetzte Mason. »Und außerdem nicht engstirnig. Wenn er meint, daß die Wahrscheinlichkeit für die Schuld eines Angeklagten spricht, jedoch nicht davon überzeugt ist, daß das Beweismaterial ausreicht, spricht er den Angeklagten frei. Bei den Staatsanwälten ist er nicht beliebt. Man sagt... Da kommt er jetzt.«

Der Gerichtsdiener klopfte, die vielen Zuschauer standen auf, die Sitzung wurde für eröffnet erklärt.

Richter Crowder raffte seine Robe, nahm auf dem Podium Platz und nickte dem Gerichtsdiener zu.

»Bitte setzen«, sagte der Gerichtsdiener zu den Anwesenden.

»Der Staat Kalifornien gegen Selma Anson«, verkündete Richter Crowder. »Die Angeklagte ist anwesend und durch ihren Rechtsbeistand vertreten?«

»Jawohl, Euer Ehren«, antwortete Perry Mason. »Die Angeklagte ist hier, ich bin ihr Vertreter.«

»Ist die Staatsanwaltschaft bereit?« erkundigte sich der Richter.

Alexander Hilton Drew, der sich durch einige spektakuläre Strafprozesse einen Namen gemacht hatte, stand auf. »Ich vertrete die Staatsanwaltschaft.«

»Sehr gut«, stellte Richter Crowder fest. »Beginnen wir.«

Selma Anson flüsterte Perry Mason plötzlich zu: »Der Richter sieht schrecklich streng aus.«

»Lassen Sie sich davon nicht ängstigen«, wisperte Mason zurück. »Er wirkt zwar sehr ehrfurchteinflößend, aber er ist ein gütiger und toleranter Mensch. Und er hat noch einen anderen Vorteil für uns.«

»Was denn?«

»Er ist von der Verläßlichkeit des Polygraphen überzeugt, vorausgesetzt natürlich, daß er von einem ernsten Wissenschaftler und Fachmann bedient wird. Er kennt Duncan Monroe und weiß über seine Arbeit Bescheid.«

»Oh«, sagte Selma. »Ich beginne zu verstehen.«

»Euer Ehren«, verkündete Alexander Drew, »da diese Sache ohne Geschworene verhandelt wird, möchten wir auf eine einführende Erklärung verzichten und sofort zur Zeugenvernehmung schreiten.«

»Sehr vernünftig«, stellte Richter Crowder fest. »Rufen Sie Ihren ersten Zeugen.«

»Dr. Boland C. Dawes«, sagte Drew.

Während Dr. Dawes den Eid leistete, sagte Mason: »Wir sehen die Qualifikationen von Dr. Dawes als gegeben an, wenn sich im Kreuzverhör nicht etwas anderes zeigt.«

»Soll mir recht sein«, versetzte Drew kurz. Er wandte sich seinem Zeugen zu. »Dr. Dawes, Sie kannten William Harper Anson?«

»Ja.«

»Und Sie sind auch mit der Angeklagten, Selma Anson, bekannt?«

»Ja.«

»Welche Art der Verwandtschaft bestand zwischen Selma Anson und William Anson?«

»Sie waren verheiratet.«

»William Harper Anson ist inzwischen verstorben?«

»Ja.«

»Behandelten Sie ihn während seiner letzten Krankheit?«

»Ja.«

»Wo starb er?«

»Im Nixon-Memorial-Krankenhaus.«

»Was war die Todesursache?«

»Arsenvergiftung.«

»Wann sahen Sie die Leiche zum letztenmal?«

»Ungefähr vierundzwanzig Stunden, nachdem sie exhumiert worden war.«

»Nahmen Sie zu diesem Zeitpunkt zusammen mit einem anderen Arzt eine Obduktion vor?«

»Ja. Ich arbeitete mit dem Amtsarzt zusammen.«

»Haben Sie eine Ahnung, wie lange vor dem Tod das Gift verabreicht wurde?«

»Nach dem Zustand der Leiche zu urteilen und nach der Krankheitsgeschichte, wie sie mir bekannt ist, würde ich sagen, daß das Gift etwa zwanzig Stunden vor dem Tod eingenommen wurde.«

»Wissen Sie, wo William Anson sich zu diesem Zeitpunkt aufhielt?«

»Das weiß ich nur von dem Patienten selbst, der es mir damals erzählte.«

»Ihr Zeuge«, sagte Drew zu Mason.

Mason wandte sich an den Arzt. »Sie sind ganz sicher, daß der Tod durch Arsenvergiftung herbeigeführt wurde?«

»Ja.«

»Sie behandelten den Verstorbenen während seiner letzten Krankheit und stellten einen Totenschein aus?«

»Das ist richtig.«

»Und in diesem Totenschein erklärten Sie, der Tod wäre infolge einer Lebensmittelvergiftung eingetreten, die sich im Zusammenspiel mit einem bestehenden Magenleiden verschlimmert hätte.«

»Jetzt bin ich schlauer.«

»Beantworten Sie meine Frage, Dr. Dawes. Sie unterzeichneten einen Totenschein, in dem von einer Arsenvergiftung keine Rede war?«

»Ja.«

»Kam Ihnen damals überhaupt der Gedanke, daß es sich um eine Arsenvergiftung handeln könnte?«

»Es gab keinen Anlaß, warum ich das hätte vermuten sollen.«

»Und was veranlaßte Sie, Ihre Meinung zu ändern?«

»Die Obduktion, die nach der Exhumierung vorgenommen wurde.«

»Sie fanden Arsen?«

»Ja.«

»Und auf Grund irgendeiner Feststellung des Amtsarztes beschlossen Sie, einen Rückzieher zu machen und Ihre Meinung zu revidieren?«

»Nun, wir entdeckten ja das Arsen.«

»*Wer* entdeckte das Arsen?«

»Wir arbeiteten gemeinsam an der Obduktion.«

»Wer machte die toxikologischen Analysen?«

»Das Labor des Amtsarztes.«

»Sie nahmen sie unbesehen hin?«

»Ja.«

»Und änderten daraufhin prompt Ihre ursprüngliche Auffassung hinsichtlich der Todesursache?«

»Ja. Lieber Gott, jedem kann doch mal ein Fehler unterlaufen.«

»Sind Sie sicher, daß Ihnen der Fehler nicht jetzt unterläuft?«

»Ja.«

»Aber als Sie den Todesschein unterschrieben, waren Sie genauso überzeugt wie jetzt, daß Sie keinen Fehler begangen hatten, nicht wahr?«

»Ja, das kann man sagen.«

»Ich danke Ihnen, Dr. Dawes. Das ist alles.«

Als nächsten Zeugen rief Drew Herman J. Bolton auf. Er zeigte dem Gericht die Versicherungspolice auf den Namen William Anson und legte dar, daß die Angeklagte auf Grund dieser Police nach dem Tod ihres Mannes einhunderttausend Dollar erhalten hatte.

»Sprachen Sie die Angeklagte, Selma Anson, auf die Todesursache hin an?« erkundigte sich Drew.

»Ja«, antwortete Bolton.

»Was sagte sie Ihnen? Halten Sie sich möglichst genau an den Wortlaut.«

»Sie sagte, sie und ihr Mann hätten an einem Gartenfest im Hause Arlington teilgenommen. Als Vorspeise wäre Krabbensalat serviert worden. Dieser Salat hätte den ganzen Nachmittag in der Küche gestanden, da man vergaß, ihn in den Kühlschrank zu stellen. Da es sehr warm gewesen wäre, sei sie sicher, daß die Krabben verdorben waren.«

»Sagte sie Ihnen, wie lange vor dem Tod ihres Mannes dieses Essen stattfand?«

»Ja. Ungefähr zwanzig Stunden vorher.«

»Ihr Zeuge, Mr. Mason.«

»Ich habe keine Fragen«, erklärte Mason.

»Ich rufe jetzt Mrs. Fowler Arlington«, verkündete Drew.

Lolita Arlington trat bedrückt und niedergeschlagen in den Zeugenstand.

»Ihr Vorname ist Lolita?« wollte Drew wissen.

»Ja.«

»Ich bitte das hohe Gericht um ein wenig Geduld«, sagte Drew. »Ich möchte hier nur die Beziehungen klären, die unter den Beteiligten bestehen. – Ihr Mann ist Fowler Arlington?«

»Ja.«

»Der älteste Sohn Douglas Arlingtons, der wiederum ein Bruder von Delane Arlington war?«

»Ja.«

»Delane Arlington ist also der Onkel Ihres Mannes?«

»Ja.«

»Sie und Ihr Mann leben bei Delane Arlington im Haus?«

»Ja.«

»Ist es ein großes Haus?«

»Ein sehr großes.«

»Auf dem Grundstück befindet sich im südlichen Teil des Gartens eine offene Feuerstelle mit Tischen und Stühlen und elektrischem Licht, so daß man dort jederzeit im Freien essen kann, nicht wahr?«

»Ja.«

»Sehen Sie sich bitte diese Aufnahme an und sagen Sie mir, was Sie darauf sehen.«

»Das ist die Feuerstelle im Garten und der Schuppen mit der Bar.«

»Und das ist eine Aufnahme des Hauses?«

Sie blickte auf eine zweite Fotografie nieder. »Ja.«

»Und das ist ebenfalls das Haus, doch aus einem anderen Blickwinkel?«

»Ja.«

»Und hier eine Frontalansicht.«

»Stimmt.«

»Euer Ehren, ich möchte diese Aufnahmen als Beweisstücke aufnehmen und entsprechend numerieren lassen.«

»Keine Einwendungen«, ließ sich Mason vernehmen.

»Stattgegeben«, verkündete Richter Crowder.

»Sie kannten William Anson?« wandte sich Drew wieder seiner Zeugin zu.

»Ja, flüchtig. Ich war ihm verschiedentlich begegnet, als er zu Onkel Dee – ich meine: zu Delane Arlington ins Haus kam. Onkel Dee hatte ihn an dem betreffenden Abend zum Essen eingeladen, obwohl es sich eigentlich um eine Familienfeier handelte.«

»Und wo fand das Essen statt?«

»Draußen im Garten. Am Kamin.«

»Erinnern Sie sich, um welche Zeit das war?«

»So gegen acht Uhr abends.«

»Brannten die Lichter schon?«

»Ja.«

»Und Sie unterhielten sich unter anderem auch mit der Angeklagten, Selma Anson?«

»Ja.«

»Sie machten Konversation mit ihr?«

»Ja. Wenn mein Onkel Feste oder Partys gibt, übernehme ich im allgemeinen die Rolle der Gastgeberin. Zu meinen Aufgaben gehört es natürlich, dafür zu sorgen, daß die Gäste sich wohl fühlen. Deshalb unterhielt ich mich mit Selma Anson, stellte ihr einige persönliche Fragen, erkundigte mich nach ihren Vorlieben und Hobbys. Nun, ich wollte eben das Zusammensein etwas zwangloser gestalten.«

»Was antwortete sie, als Sie sie nach ihren Hobbys fragten?«

»Sie erzählte mir, daß sie seltene Vögel sammelt. Sie beobachtete die Vögel täglich und studierte ihre Lebensgewohnheiten. Auch hatte sie eine Falle aufgestellt, mit deren Hilfe sie bestimmte Arten sammelte. Die Falle war so konstruiert, daß sie das Federkleid der Vögel nicht beschädigte.«

»Sie sammelte also Vögel. Und zu diesem Zweck tötete sie die Tiere wohl?«

»Ja. Wenn sich ein Vogel in der Falle fing, der ihr in ihrer Sammlung fehlte, dann stopfte sie ihn aus.«

»Das bedeutet doch, daß sie ihn töten mußte.«

»Ja.«

»Und Selma Anson erzählte Ihnen also, daß sie Vögel ausstopfte?«

»Ja.«

»Um diese ausgestopften Vögel zu erhalten, mußte sie doch sicher ein Konservierungsmittel verwenden?«

»Ja.«

»Sagte sie Ihnen, was sie dazu benutzte?«

»Doch, sie nannte mir den Namen des Präparats, das sie verwendete. Es hieß ›Featherfirm‹.«

»Erklärte sie Ihnen, was dieses Mittel enthielt?«

»Sie erzählte mir, daß es abgesehen von einigen anderen Substanzen in erster Linie Arsen enthält. Arsen sei das beste Konservierungsmittel, das es gibt.«

»Sie haben hier vor Gericht und gewiß auch an anderer Stelle gehört, was über den Krabbensalat gesagt wurde, der an jenem Abend auf den Tisch kam.«

»Ja.«

»Wer bereitete den Salat zu?«

»Ich. Onkel Dee hat eine Schwäche für meinen Krabbensalat. Ich richte ihn nämlich auf besondere Weise an, und wenn wir eine Feier haben, gehört der Krabbensalat einfach zum Programm. Ich mache immer eine extra große Portion, damit er auch reicht.«

»Und Sie bereiteten den Krabbensalat auch an jenem Tag zu?«

»Ja.«

»Das war der fünfzehnte September?«

»Ja.«

»Es war abends noch warm genug, um im Freien zu essen?«

»O ja, es war sommerlich heiß.«

»Um welche Zeit wurde das Essen serviert?«

»Ich würde sagen: gegen acht Uhr.«

»Gab es vorher Erfrischungen oder Appetithappen?«

»Wir servierten Cocktails, dazu Kartoffelchips und Salzstangen.«

»Und auch den Krabbensalat?«

»Ja.«

»Wie wurde er serviert?«

»Ich blieb in der kleinen Küche im Schuppen. Ich hatte eine Riesenschüssel Krabbensalat gemacht und lud die Portionen auf Salatteller; Mrs. Anson und Mildred trugen sie hinaus.«

»Wußte jeder, wo er am Tisch sitzen würde?«

»Ja, die Familie hatte ihre festen Plätze.«

»Selma Anson half Ihnen also beim Auftragen des Salats?«

»Ja, ich glaube, sie brachte mehrere Teller hinaus. Ich erinnere mich noch, daß ich ihr sagte, die besonders große Portion sei für Onkel Dee, weil er den Salat so gern ißt. Daraufhin bemerkte sie, daß ihr Mann auch eine Vorliebe für Krabbensalat hätte.«

»Wissen Sie, wie viele Teller sie hinaustrug?«

»Nein, das kann ich nicht sagen. Ich weiß nur, daß sie uns half. Ich hatte in der Küche alle Hände voll zu tun und erinnere mich nur, daß sie mehrere Teller hinausbrachte; ach, und an den Zwischenfall mit dem schmutzigen Teller.«

»Würden Sie dem Gericht bitte erklären, was Sie damit meinen?«

»Als wir gegessen hatten, begannen wir abzudecken. Selma Anson trug einige Teller hinaus; sie kam in die Küche und wollte Mildred einen Teller geben. ›Mein Mann war ganz begeistert von dem Salat‹, sagte sie. ›Er meinte, er hätte noch nie so guten ...‹ Und dann ließ sie plötzlich den Teller fallen.«

»Auf die Erde? Ins Gras?«

»Nein, drin in der Küche, auf den Steinfußboden.«

»Und was geschah?«

»Der Teller zerbrach.«

»Und dann?«

»Selma Anson sagte, es täte ihr leid, und ich meinte, sie sollte die Scherben einfach in den Abfalleimer werfen. Ich hob den Deckel der Tonne hoch, und sie warf die Scherben hinein. Wir haben zwei Abfalleimer, den einen für Flaschen und Büchsen und ähnliches, den anderen für Papier und Speisereste.«

»Was geschah nun nach diesem Fest? Wurden weitere Partys gehalten?«

»Uns wurde allen übel von dem Krabbensalat. Ich machte mir damals schreckliche Vorwürfe, weil ich den Salat nicht wieder in den Kühlschrank gestellt hatte. Erst als ich später vom Friseur wiederkam, fiel mir ein, daß er noch in der Küche stand.«

»Und dann?«

»Dann stellte ich ihn natürlich sofort in den Kühlschrank.«

»Haben Sie nach jenem Abend jemals wieder draußen im Freien gegessen?«

»Nein. Onkel Dee war so erschüttert vom Tod Mr. Ansons, daß er gar keine Feste mehr veranstalten wollte. Er schloß den Schuppen beim Kamin ab, und seitdem war niemand mehr dort unten.«

»Wie lange blieb der Schuppen abgesperrt?«

»Er ist immer noch abgeschlossen.«

»Wer hat die Schlüssel?«

»Die Schlüssel sind im Haus, für den Fall, daß wir etwas brauchen. Aber Fremde können natürlich nicht hinein.«

»Würden Sie uns etwas mehr über diesen zerbrochenen Teller sagen, der William Ansons Krabbensalat enthalten hat?«

»O ja. Vor ungefähr zwei Wochen kam die Polizei zu uns und erklärte mir, sie stelle Ermittlungen über den Tod William Ansons an. Die Beamten fragten mich, was ich darüber wüßte, und ich erzählte ihnen alles. Dann fragte mich Leutnant Tragg, der die Ermittlungen leitete, wo sich die Feuerstelle befände, und wollte wissen, ob jemand nach dem Abend die Abfalltonnen geleert hätte. Ich sagte ihm, daß die eine Tonne, die mit den Speiseresten, natürlich längst geleert worden wäre, daß aber die andere noch unberührt dastünde. Wir warten damit immer, bis sie voll ist.«

»Und was geschah daraufhin?«

»Leutnant Tragg bat mich, ihn zum Schuppen hinunterzubringen. Ich holte den Schlüssel und sperrte auf. Er hob den Deckel des Abfalleimers hoch. Es waren nur einige Bierflaschen darin und der zerbrochene Teller.«

»Derselbe Teller?« fragte Drew.

»Derselbe Teller.«

»Wie können Sie so sicher sein?«

»Ich kenne die Teller und die Muster, und ich erinnere mich ganz genau, daß der Teller in drei große Stücke zersprang.«

»Was tat Leutnant Tragg mit dem Teller?«

»Er nahm ihn an sich.«

»Sie wissen nicht, was danach damit geschah?«

»Nein. Er sagte mir nur, ich sollte den Schuppen weiterhin verschlossen halten und niemanden einlassen. Außerdem bat er mich, nicht über die Geschichte mit dem Teller zu sprechen.«

»Und Sie hielten sich an seine Anweisungen?«

»Ja.«

Drew wandte sich Perry Mason zu. »Ihre Zeugin.«

»Erschien es Ihnen nicht ein wenig verschroben, Mrs. Arlington«, begann Mason, »daß der Kamin nicht mehr benutzt wurde, daß Küche und Bar dort unten verschlossen blieben, nur weil einmal mehrere Menschen zufällig eine Lebensmittelvergiftung erlitten hatten und einer daran gestorben war?«

»Aber es handelte sich ja gar nicht um eine Lebensmittelvergiftung«, widersprach die Zeugin. »Es war Mord.«

»Unter diesen Umständen also erschien es Ihnen nicht merkwürdig, daß die Feuerstelle unbenutzt blieb?«

»Natürlich nicht.«

»Dann«, folgerte Mason, »müssen Sie schon seit über einem Jahr gewußt haben, daß es sich nicht um eine Lebensmittelvergiftung handelte.«

Die Zeugin zögerte, blickte Mason zweifelnd an und sagte dann: »Ich hatte keine Ahnung davon. Ich erfuhr es erst vor kurzem.«

»Und trotzdem fanden Sie es nicht verschroben, daß die Feuerstelle nicht mehr benutzt wurde, daß die Örtlichkeiten verschlossen blieben?«

»Na ja«, meinte sie einlenkend, »es war natürlich ein bißchen seltsam. Aber Onkel Dee wollte es so.«

»Danke«, sagte Mason. »Das ist alles.«

Alexander Drew, kühl, hochgewachsen und sehr eindrucksvoll, verkündete: »Wir bitten jetzt Leutnant Tragg in den Zeugenstand.«

Leutnant Tragg trat vor, ein verschnürtes Päckchen unterm

Arm. Er wurde vereidigt, gab Adresse und Beruf an und wie lange er schon beim Morddezernat tätig war; dann wartete er auf Drews erste Frage.

»Ist Ihnen die Zeugin, die eben aussagte, Mrs. Fowler Arlington, bekannt?« fragte Drew.

»Ja.«

»Wo lernten Sie sie kennen?«

»In Delane Arlingtons Haus.«

»Bei welchem Anlaß?«

»Ich bat sie, mir die Feuerstelle zu zeigen, wo das Essen stattgefunden hatte – an jenem Abend, als William Anson sich die Vergiftung zuzog.«

»Und sie führte Sie hin?«

»Ja.«

»Was fanden Sie vor?«

»Ich stellte fest, daß die Tür zu den Örtlichkeiten verschlossen war. Mrs. Arlington hatte einen Schlüssel bei sich. In einem schuppenähnlichen Gebäude war eine komplette Küche eingerichtet, mit Gasofen, Kühlschrank und so weiter. Beim Kamin gab es Tische und Stühle, einen großen Grill und einen Spieß.«

»Fanden Sie sonst noch etwas?«

»Wir öffneten die Abfalltonne, in der laut Mrs. Arlington harte Gegenstände wie Flaschen und dergleichen verstaut wurden. Dort fanden wir einen zerbrochenen Teller.«

»Kennen Sie die Geschichte dieses Tellers?«

»Mrs. Arlington erzählte mir davon.«

»Haben Sie den Teller bei sich?«

»Ja.«

»Würden Sie ihn uns zeigen?«

Leutnant Tragg öffnete das Päckchen und holte einen Teller hervor, der in drei Stücke zersprungen war.

»Haben Sie ihn in diesem Zustand gefunden?«

»Genau in diesem Zustand nicht«, erwiderte Tragg. »Wie Sie sehen können, hat man die Scherben auf Fingerabdrücke untersucht.«

»Wurden irgendwelche Abdrücke gefunden?«

»Ja. Die Marinade des Salats war eingetrocknet und zu einer lackartigen Substanz geworden. Diese Substanz konservierte die Fingerabdrücke.«

»Und wessen Abdrücke fanden Sie?«

»Wir fanden zwei latente Abdrücke, die so weit entwickelt wurden, daß eine absolute Identifizierung vorgenommen werden konnte.«

»Und um wessen Fingerabdrücke handelte es sich?«

»Der eine Abdruck stammte von der Angeklagten, Selma Anson.«

»Und der andere?«

»Von dem jetzt verstorbenen William Anson.«

»Fanden Sie sonst noch etwas?«

»Wir unterzogen die Scherben einer chemischen Analyse.«

»Und?«

»Es wäre mir lieber, wenn der Toxikologe persönlich über die Ergebnisse berichten würde. Ich war nur Zeuge des Verfahrens.«

»Hat sonst jemand den Teller gesehen oder in der Hand gehabt?«

»Ja, Sir, ein Mr. Rayburn Hobbs.«

»Und wer ist Mr. Rayburn Hobbs, wenn ich fragen darf?«

»Mr. Hobbs ist Chemiker und Präsident der Hobbs Chemical Company.«

»Er hat also den Teller gesehen?«

»Ja.«

»Und Untersuchungen angestellt?«

»Ja.«

»In Ihrer Gegenwart?«

»In meiner Gegenwart.«

»Und Sie können uns die Gewähr dafür geben, daß dies der Teller ist, der in der Abfalltonne gefunden wurde?«

»Ja, das kann ich. Ich habe ihn mitgenommen und ihn verpackt und verschnürt aufbewahrt, wenn er nicht zu Untersuchungszwecken aus der Hand gegeben werden mußte. Er war in meinem Büro eingeschlossen.«

»Wir bitten darum, den zerbrochenen Teller, bestehend aus drei Teilen, als Beweisstücke 5 A, 5 B und 5 C ins Protokoll aufzunehmen«, wandte sich Drew an den Richter.

»Keine Einwendungen«, sagte Mason.

»Stattgegeben«, erklärte Richter Crowder.

»Ihr Zeuge«, bemerkte Drew, zu Perry Mason gewandt.

»Ist es nicht recht ungewöhnlich, daß die Fingerabdrücke über eine so lange Zeitspanne hinweg auf dem Teller erhalten blieben?«

»Es ist sogar sehr ungewöhnlich. Doch wir haben es hier auch mit ungewöhnlichen Umständen zu tun.«

»Und die wären?«

»Auf dem Teller befand sich Salatmarinade. Die Marinade trocknete gewissermaßen mit dem Muster der Fingerabdrücke ein. Sie blieben praktisch für immer erhalten.«

»Sie fanden die Abdrücke zweier Personen?«

»Ja.«

»Und konnten sie identifizieren?«

»Ja.«

»Um wessen Abdrücke handelte es sich?«

»Ein Abdruck stammte vom rechten Zeigefinger William Ansons, der andere vom rechten Daumen der Angeklagten.«

»Ließen sich sonst noch Abdrücke feststellen?«

»Ja, aber sie waren nicht zu identifizieren, sondern zu verwischt. Die einzigen Abdrücke, Mr. Mason, die zu identifizieren waren – mit deren Identifizierung wir überhaupt rechnen konnten –, waren die in der Marinade.«

»Und haben Sie eine Ahnung, wie lange sich diese Abdrücke schon auf dem Teller befanden?«

»Sie können seit mehr als einem Jahr darauf sein.«

»Das habe ich nicht gefragt«, sagte Mason. »Haben Sie einen Anhaltspunkt, der Ihnen über die tatsächliche Zeitspanne des Vorhandenseins der Abdrücke Aufschluß gibt?«

»Nein.«

»Die Marinade könnte also innerhalb von zwölf, vierundzwanzig oder achtundvierzig Stunden getrocknet sein?«

»Ja, nach achtundvierzig Stunden müßte sie eigentlich ziemlich trocken sein.«

»Somit können also, rein theoretisch, die Abdrücke auch erst achtundvierzig Stunden, bevor Sie den Teller an sich nahmen, auf die Scherben gekommen sein.«

»Sie meinen die Fingerabdrücke von Selma Anson, der Angeklagten?«

»Richtig.«

»Ja«, erklärte Leutnant Tragg, »das stimmt. Die Fingerabdrücke von William Anson allerdings können kaum nach seinem Tod gemacht worden sein. Aus diesem Grunde betrachte ich das als eine Art Anhaltspunkt, nach dem sich die Zeit berechnen läßt.

Hiernach läßt sich schätzen, aus welcher Zeit die Abdrücke stammen, die wir fotografiert und identifiziert haben. Ich bin der Meinung, daß die Abdrücke beim Gartenfest gemacht wurden, da Mr. Anson unmittelbar danach ins Krankenhaus eingeliefert wurde, wo er verstarb.«

»Ich danke Ihnen, Leutnant«, sagte Mason. »Keine weiteren Fragen.«

»Als nächsten Zeugen rufe ich Rayburn Hobbs«, verkündete Drew.

Hobbs trat in den Stand, gab Namen und Adresse an und erklärte, daß er seit fünf Jahren Präsident der Hobbs Chemical Company sei.

»Was ist das für eine Firma?« erkundigte sich Drew. »Was stellt sie her?«

»Wir erzeugen vor allem chemische Präparate, die als Konservierungsmittel beim Ausstopfen von Tieren verwendet werden.«

»Ist Ihnen ein Präparat bekannt, das von Ihrer Firma hergestellt wird und zum Erhalten des Federkleides ausgestopfter Vögel Verwendung findet?«

»Ja, natürlich. Ich habe die Formel selbst entwickelt.«

»Das Präparat ist unter einem bestimmten Namen im Handel, nicht wahr?«

»Ja, es heißt ›Featherfirm.‹«

»Können Sie uns eins seiner Hauptbestandteile nennen?«

»Arsen.«

»Arsen ist also ein Konservierungsmittel?«

»In Verbindung mit gewissen anderen Substanzen, so wie in unserem Produkt, ist es sehr wirksam.«

»Das Erzeugnis hat noch andere chemische Ingredienzien?«

»Natürlich.«

»Trifft es nicht zu, Mr. Hobbs, daß Ihre Firma sich vor ungefähr zwei Jahren gewisser unlauterer Wettbewerbsmethoden erwehren mußte?«

»Ja, das stimmt.«

»Können Sie uns die Zusammenhänge kurz erklären?«

»Wir vermuteten, daß gewisse Mengen unseres Erzeugnisses von Großhändlern eingekauft wurden, die das Etikett auf den Behältern änderten und unser Produkt unter fremdem Namen an Einzelhändler verkauften.«

»Bringt das denn einen Profit?«

»Sicher, wenn der Großhändler das Produkt teurer verkauft.«

»Unternahmen Sie etwas gegen diese Praktiken?«

»Ja.«

»Was?«

»Wir gaben gewissen Großaufträgen des Pulvers, das wir auslieferten, einen schwer feststellbaren chemischen Zusatz bei.«

»Und zu welchem Zweck?«

»Damit konnten wir sofort feststellen, ob unser Erzeugnis oder ein anderes verkauft wurde. Das wird übrigens sehr häufig von Unternehmen getan, die Erzeugnisse mit geheimem Herstellungsverfahren auf den Markt bringen. Man mischt einen Zusatz bei und kann dann mit Hilfe von Spektralanalysen sofort feststellen, ob das eigene Produkt vertrieben wird oder tatsächlich das einer anderen Firma.«

»Und das taten Sie also auch mit Ihrem Erzeugnis ›Featherfirm‹?«

»Richtig.«

»Kommen wir nun einen Moment auf den Teller zurück, den Leutnant Tragg hier vorlegte. Führten Sie eine Spektralanalyse der Restbestandteile durch, die auf dem Teller vorhanden waren?«

»Ja. Wir kratzten die getrockneten Reste ab und machten eine Analyse. Die Marinade, die sich am Rand des Tellers befand, enthielt eine große Menge ›Featherfirm‹.«

»Ihr Zeuge«, sagte Drew zu Mason.

»Geben Sie Ihrem Erzeugnis auch jetzt noch das chemische Element bei, das der einwandfreien Erkennung Ihres Produkts dient?«

»Nein.«

»Wann hörten Sie damit auf?«

»Vor ungefähr sechs Monaten, als die Situation auf dem Markt bereinigt wurde. Ich darf nochmals darauf hinweisen, daß diese Chemikalie absolut nichts mit der eigentlichen Zusammensetzung von ›Featherfirm‹ zu tun hat. Sie diente lediglich dem Zweck, das Produkt leicht und schnell erkennbar zu machen.«

»Das ist mir klar«, sagte Mason. »Danke, ich habe keine weiteren Fragen.«

»Ich rufe jetzt Thomas Z. Jasper«, verkündete Drew.

Jasper, ein Mann mittleren Alters, mit gebeugten Schultern und freundlichen grauen Augen, trat in den Zeugenstand. Laut seinen Angaben war er siebenundfünfzig Jahre alt und Eigentümer eines Bastel- und Hobbyladens.

»Um was für Hobbys handelt es sich da?« fragte Drew.

»In erster Linie um drei: seltene Münzen, Briefmarken und das Ausstopfen von Tieren.«

»Ist Ihnen ein Erzeugnis mit dem Namen ›Featherfirm‹ bekannt?«

»O ja, das verkaufen wir viel. Wir haben die Alleinvertretung für Los Angeles.«

»Kennen Sie die Angeklagte, Mrs. Selma Anson?«

»Ja. Sie kam oft in meinen Laden.«

»Verkauften Sie ihr auch ›Featherfirm‹?«

»Ja.«

»Wie oft?«

»Mindestens sechsmal, würde ich sagen.«

»Wissen Sie, wann ihr Mann starb?«

»Ich weiß das Datum nicht aus dem Kopf, aber ich rief sie damals an, um ihr mein Beileid auszusprechen.«

»Hat sie jemals nach dem Tod ihres Mannes ›Featherfirm‹ bei Ihnen gekauft?«

»Nicht daß ich wüßte. Aus meinen Büchern geht auch nicht hervor, daß sie welches kaufte. Nein, soweit ich mich erinnere, kam sie nach dem Tod ihres Mannes nicht mehr vorbei.«

»Danke«, sagte Drew. »Kreuzverhör, Mr. Mason.«

»Keine Fragen«, erklärte Mason.

»Ich wäre dem hohen Gericht für einige Minuten Pause dankbar, denn ich möchte mich gern mit Leutnant Tragg besprechen«, wandte sich Drew an den Richter. »Wahrscheinlich können wir das Verfahren erheblich beschleunigen. Bis jetzt ist ja alles rasch und reibungslos gelaufen.«

»Ich möchte Ihnen beiden zu der Sachlichkeit gratulieren, mit der die Verhandlung bisher geführt wurde«, sagte Richter Crowder. »Das Gericht legt also eine Pause von fünfzehn Minuten ein. Wie viele Zeugen gedenken Sie noch vorzuführen, Herr Staatsanwalt?«

»Noch zwei oder drei. Ich möchte die Versicherungspolice ins Protokoll aufnehmen lassen, ich möchte das Zeugnis des Toxikologen und des Amtsarztes aufnehmen lassen und die gerichtliche

Verfügung zur Exhumierung vorlegen. Wir können wohl noch heute abschließen, wenn sich das Kreuzverhör nicht zu sehr in die Länge zieht. Meine Vernehmung werde ich so kurz wie möglich halten.«

»Sehr lobenswert«, stellte Richter Crowder fest.

Die Anwesenden standen auf, als Richter Crowder sich erhob und den Saal verließ.

Mason spürte, wie ihn jemand an der Jacke zupfte. Er drehte sich um.

»Mr. Mason«, sagte Daphne Arlington, »Mr. Mason! Ich muß Sie sofort sprechen. Es ist schrecklich wichtig.«

Mason wandte sich an Selma Anson. »Warten Sie hier auf mich. Della, bleiben Sie bei Mrs. Anson. Beantworten Sie keinerlei Fragen. Daphne, wir beide gehen inzwischen hier ins Vorzimmer. Da können Sie ungestört sprechen.«

Mason öffnete ihr die Tür.

»Es ist passiert, Mr. Mason«, stammelte Daphne, den Tränen nahe. »Und wir können gar nichts beweisen. Das ist das Schlimmste.«

»Jetzt beruhigen Sie sich erst einmal«, beschwichtigte Mason. »Nehmen Sie sich zusammen und erzählen Sie mir, was geschehen ist.«

»Sie haben, genau wie ich befürchtete, Beweismaterial versteckt und Onkel Dee dazu gebracht, es zu finden.«

»Woher wissen Sie das?« fragte Mason.

»George Findlay fragte Onkel Dee, ob er jemals unten an der Feuerstelle gründlich gesucht hätte. Und dann meinte er, ob es nicht ein guter Einfall wäre, den Schuppen unten einfach abzureißen und den Grill auch, und alles an einer anderen Stelle im Garten wiederaufzubauen. Dann könnten wir die tragische Geschichte mit William Ansons Tod vergessen. Onkel Dee war damit einverstanden. Er hielt es für einen guten Gedanken. Also ging er hinunter in den Garten, um sich alles anzusehen und zu überlegen, wie man die Küche und die Bar und den Grill am besten verlegen könnte. Und während er dort unten war, sah er auch in den Schrank unter dem Spülbecken, und ganz hinten in der Ecke entdeckte er etwas. Er griff hinein und zog es heraus. Es war eine Büchse ›Featherfirm‹, noch halb voll. Stellen Sie sich doch vor, was das bedeutet, Mr. Mason. Selma Anson hatte überhaupt keinen legitimen Grund, eine Büchse ›Featherfirm‹ mit ins Haus zu bringen, als sie zum Gartenfest bei uns eingeladen war. Und warum hätte sie das Zeug in dem kleinen Schrank unterm Spülbecken verstecken sollen? Es ist genauso, wie ich Ihnen gesagt habe: George Findlay und Mildred haben sich das ausgedacht. Oh, wie furchtbar! Wenn das herauskommt, Mr. Mason, ist es aus. Und sie haben es so gerissen ausgetüftelt. Onkel Dee hat es gefunden. Entweder muß er sich eines Vergehens schuldig machen, indem er das Beweismaterial unterdrückt, oder er muß als Zeuge gegen Selma Anson auftreten.«

»Liebt er Selma Anson wirklich?« fragte Mason.

»Natürlich. Daran gibt es keinen Zweifel«, versetzte Daphne. »Ich glaube, er war sich selbst nicht klar darüber, wie sehr er sie liebte, bis diese schreckliche Geschichte ins Rollen kam. Er will sie heiraten. Aber er weiß, daß sie niemals zustimmen wird, so wie die Dinge jetzt liegen. Es ist einfach furchtbar, Mr. Mason.«

»Setzen Sie sich, Daphne«, sagte Mason.

Sie zog sich einen Stuhl heran. Mason ließ sich ihr gegenüber nieder.

»Sie glauben also, daß Ihr Onkel zur Polizei gehen und über seinen Fund berichten wird?«

»Es wird ihm nichts anderes übrigbleiben. Sein Gewissen würde ihm sonst keine Ruhe lassen. Und außerdem macht er sich doch eines Verbrechens schuldig, wenn er nichts verlauten läßt, oder?«

»Das kommt darauf an«, meinte Mason.

»Worauf?«

»Das hängt von den Beziehungen zwischen den Beteiligten ab. Ein Ehemann kann beispielsweise die Aussage gegen seine Frau verweigern.«

»Aber die beiden sind ja nicht verheiratet«, wandte Daphne ein.

»Nein, noch nicht«, stimmte Mason zu.

Einige Sekunden herrschte Schweigen. Dann meinte Mason im Konversationston: »Pinky Brier ist eine erstklassige Fliegerin. Sie hat mehrere gute Maschinen, und unsere Angeklagte ist schließlich immer noch auf freiem Fuß.« Abrupt stand er auf, lächelte der verwirrten Daphne zu und sagte: »Daphne, ich bedaure natürlich, daß sich Ihr Onkel in einer so heiklen Situation befindet, aber unter den gegebenen Umständen kann ich ihm keinen Rat geben. Er muß mit seinem Gewissen ausmachen, was er zu tun gedenkt.«

»Mr. Mason, wollen Sie sagen, daß Onkel Dee...«

»Sie sind ein anständiger Kerl«, unterbrach Mason. »Außerdem sind Sie intelligent. Sie haben gute Ohren und gehört, was ich gesagt habe. Unter den gegenwärtigen Umständen kommt es mir nicht zu, Ihren Onkel zu beraten. Ich muß zurück, Daphne, und mich um meine Mandantin kümmern. Die Presse wird ihr wahrscheinlich keine Ruhe lassen. Und die Burschen wissen, wie man einen Menschen zum Reden bringt.«

Mason steuerte auf die Tür zu. Ehe er den Raum verließ, drehte er sich noch einmal um und lächelte Daphne zu, die noch immer ganz verwirrt am Tisch saß.

»Grüßen Sie Pinky von mir, falls Sie ihr begegnen sollten«, sagte er und ging hinaus.

18

Richter Crowder betrat wieder den Gerichtssaal.

»Hohes Gericht«, sagte der Staatsanwalt, »ich habe noch einen Zeugen, den ich heute morgen in den Stand rufen möchte, ehe ich die Aussage des Toxikologen zu Protokoll bringen will. Deshalb habe ich den Toxikologen gebeten, heute nachmittag um zwei Uhr hier zu erscheinen. Paßt das dem Gericht?«

»Ja«, erwiderte Richter Crowder. »Wenn wir vor Mittag allerdings noch Zeit haben, können Sie vielleicht einen anderen Zeugen aufrufen. Ich würde es begrüßen, wenn die Verhandlung weiterhin so rasch abliefe.«

»Sehr wohl, Euer Ehren. Ich rufe Mildred Arlington in den Zeugenstand«, erklärte Drew.

Mildred Arlington marschierte durch den Gang, mit grimmig entschlossenem Ausdruck, die Lippen zu einem schmalen Strich zusammengepreßt.

»Ihr Name ist Mildred Arlington?« fragte Drew.

»Ja.«

»In welcher Beziehung stehen Sie zu Delane Arlington?«

»Ich bin seine Nichte.«

»Haben Sie Geschwister?«

»Nein. Ich bin die Tochter von Oliver Arlington. Ich habe Kusinen und Vettern, Nachkommen Douglas Arlingtons.«

»Wo wohnen Sie, Miss Arlington?«

»Im Haus von Onkel Dee.«

»Wohnten Sie auch damals, als das Gartenfest stattfand, schon im Haus Ihres Onkels?«

»Ja.«

»Wie lange leben Sie insgesamt schon bei Ihrem Onkel?«

»Ungefähr sieben Jahre.«

»Sind Sie ledig?«

»Ja.«

»Sie haben die Universität besucht?«

»Ja.«

»Wer bezahlte Ihr Studium?«

»Onkel Dee... Ich meine Delane Arlington, meinen Onkel.«

»Erinnern Sie sich des Abends, an dem das Essen im Garten stattfand, auf das ich eben schon Bezug nahm?«

»Ja.«

»Was für Aufgaben hatten Sie an diesem Abend? Ich meine, halfen Sie bei der Zubereitung und beim Servieren der Speisen?«

»Ja, ich half in der Küche und machte Salate.«

»Richteten Sie den Krabbensalat an?«

»Nein, den machte Lolita.«

»Erinnern Sie sich, wer den Salat auftrug?«

»O ja. Ich wurde sehr schön mit allem fertig, als die Angeklagte, Mrs. Anson, auftauchte und darauf bestand, mir zu helfen. Sie meinte es wahrscheinlich gut, aber sie kannte sich bei uns natürlich nicht richtig aus und brachte alles ein bißchen durcheinander. Aber wir sagten nichts, weil sie es ja gut meinte.«

»Erinnern Sie sich an irgend etwas Besonderes im Zusammenhang mit dem Krabbensalat?«

»O ja, ich erinnere mich ganz genau an die Portionen, die zu den beiden Männern an einem Seitentisch hinausgetragen wurden.«

»Wen meinen Sie damit?«

»Delane Arlington, meinen Onkel, und William Anson, den verstorbenen Mann der Angeklagten. Sie hatten etwas Geschäftliches zu besprechen und sich deshalb an einen kleinen Seitentisch gesetzt, der etwas abseits von der langen Tafel steht.«

»Und woran erinnern Sie sich nun im Zusammenhang mit diesen beiden Portionen?«

»Ich gab die größte Portion auf Onkel Dees Teller, weil er den

Krabbensalat so gern ißt. Als ich Mrs. Anson die Teller reichte, sagte ich: ›Die große Portion ist für Onkel Dee, die andere für Ihren Gatten.‹ Sie nickte und trug die Teller hinaus. Als sie zum großen Tisch kam, bemerkte ich, daß sie die beiden Teller absetzte. Offenbar hatte sie etwas Marinade über ihr Kleid verschüttet. Sie wischte sich mit einer Papierserviette die Hände ab und fuhr auch über den Tellerrand. Ich dachte mir damals natürlich gar nichts dabei, aber sie stand bestimmt mehrere Sekunden da und machte sich an den Tellern zu schaffen.«

»Sahen Sie dann, wie sie die beiden Portionen servierte?«

»Nein. Ich sah zwar, wie sie die Teller wieder zur Hand nahm, aber dann wandte ich mich anderen Dingen zu.«

»Sie haben den zerbrochenen Teller gesehen?«

»Ja.«

»Können Sie sich im Zusammenhang mit diesem Teller an einen besonderen Zwischenfall erinnern?«

»Ja, ich sah, wie Mrs. Anson ihn fallen ließ. Sie tat es absichtlich, nicht aus Versehen.«

»Einspruch«, rief Mason. »Das stellt eine Schlußfolgerung der Zeugin dar.«

»Einspruch stattgegeben«, entschied Richter Crowder. »Jedoch lediglich in bezug auf den letzten Satz der Aussage.«

»Ihr Zeuge«, sagte Drew zu Mason.

»Sie halfen also bei der Verteilung der Salate?« fragte Mason. »Sie richteten auch die beiden Portionen an, die Ihrem Onkel und William Anson serviert werden sollten?«

»Ja.«

»Und für Ihren Onkel war die größere Portion gedacht?«

»Ja.«

»Sie mögen die Angeklagte nicht, nicht wahr?«

»Nein«, zischte Mildred Arlington.

»Darf ich fragen, warum?«

»Weil ich sie für eine berechnende und kaltblütige Frau halte und davon überzeugt bin, daß sie ihren Mann getötet hat.«

»Und Sie möchten dafür sorgen, daß sie wegen Mordes an ihrem Mann verurteilt wird, nicht wahr?«

»Der Ausgang dieses Prozesses interessiert mich nicht. Ich möchte lediglich verhindern, daß diese Frau sich in unsere Familie einschleicht.«

»Als Mrs. Anson in die Küche zurückkehrte, nachdem sie den beiden Männern die Salate serviert hatte, erwähnte sie da etwas davon, daß sie Marinade vergossen hatte?«

»Nein.«

»Sagten Sie etwas zu ihr?«

»Nein.«

»Und später zerbrach dann der Teller, auf dem Selma Anson ihrem Mann den Krabbensalat serviert hatte?«

»Ja.«

»Wie kam es dazu?«

»Sie ließ ihn fallen.«

»Wann?«

»Als sie ihn Lolita zurückgeben wollte. Lolita war beschäftigt, deshalb wollte ich ihr den Teller abnehmen. Am Rand war noch etwas Marinade. Der Teller war glitschig. Ehe ich ihn nehmen konnte, ließ sie ihn fallen, und er zerbrach.«

»Und was machten Sie?«

»Wir sagten ihr, sie solle die Scherben in den Abfalleimer werfen.«

»Und das tat sie?«

»Ja.«

»Somit können also die Fingerabdrücke der Angeklagten, die in der eingetrockneten Marinade festgestellt wurden, bei dieser Gelegenheit entstanden sein – als sie nämlich half, die Scherben aufzulesen.«

»Ich habe keine Ahnung, wann der Abdruck entstand. Ich habe überhaupt keine Fingerabdrücke gesehen. Ich erzähle Ihnen nur, was ich mitangesehen habe. Ich bin diejenige, die die Scherben aufgehoben hat.«

»Sie wissen, daß die Angeklagte die Teller mit dem Krabbensalat den beiden Männern servierte, die an dem Seitentisch saßen?«

»Ja.«

»Danke«, sagte Mason, »das ist alles.«

Drew stand auf. »Ich möchte jetzt um eine Vertagung bis zwei Uhr bitten, wenn das dem Gericht genehm ist. Zu dieser Zeit werde ich dann den Toxikologen in den Zeugenstand rufen.«

»Es ist jetzt ungefähr halb zwölf«, meinte Richter Crowder und zögerte.

Mason, der noch stand, wandte sich an den Richter: »Ich möchte um eine Vertagung bis morgen vormittag bitten, Euer Ehren. Ich darf bemerken, daß der Prozeß unserer Meinung nach spätestens morgen nachmittag zum Abschluß gebracht werden kann. Die Verteidigung wird nur wenig Beweismaterial präsentieren.«

Richter Crowder ließ sich die Angelegenheit durch den Kopf gehen. »Ich habe einen anderen, kurzen Fall, den ich heute nachmittag erledigen könnte«, überlegte er laut. »Wenn die Staatsanwaltschaft einverstanden ist, werden wir bis morgen vormittag vertagen. Wie steht es mit der Kaution, Herr Staatsanwalt?«

»Ich bin der Auffassung, daß die Kaution rückgängig gemacht und die Angeklagte verhaftet werden sollte. Das Gericht hat ja wohl das eindeutige Beweismaterial in diesem Fall zur Kenntnis genommen.«

»Sinn und Zweck der Kaution liegt allein darin, die Gewähr dafür zu bieten, daß die Angeklagte vor Gericht erscheint. Die Angeklagte hat eine Kaution von einhunderttausend Dollar in bar hinterlegt und ist zudem Eigentümerin beträchtlichen Grundbesitzes.«

Richter Crowder zog nachdenklich die Stirn in Falten.

»Sie müssen zugeben, Mr. Mason, daß die Beweise bis jetzt recht überzeugend sind.«

»Das Beweismaterial der Staatsanwaltschaft scheint immer überzeugend«, stellte Mason fest.

»Nun«, meinte Richter Crowder schließlich, »ich will die Kaution bis morgen bestehen lassen. Sie glauben, daß wir den Fall spätestens morgen abend abschließen können, Mr. Mason?«

»Wenn die Staatsanwaltschaft ihre Beweisaufnahme bis zum Mittag beendet hat, dann werden Sie um vier Uhr dreißig Ihre Entscheidung fällen können, Euer Ehren. Vorausgesetzt natürlich, daß die Staatsanwaltschaft nicht ein langes Plädoyer plant. Wir werden unsere abschließenden Ausführungen auf fünfzehn Minuten beschränken.«

»Unter diesen Umständen«, entschied Richter Crowder, »vertagt sich das Gericht bis morgen vormittag, neun Uhr dreißig. Die Angeklagte wird unter Hinterlegung einer Kaution von einhunderttausend Dollar auf freien Fuß gesetzt.«

Während Richter Crowder aufstand und die Zuschauer aus dem

Saal drängten, grinste Alexander Drew Mason an. »Sie sehen selbst, was der Richter von der Sache hält«, meinte er. »Und ich bin noch nicht fertig.«

»Ich auch nicht«, versetzte Mason.

19

Perry Mason, Della Street und Paul Drake aßen in einem ihrer Stammlokale in der Nähe des Gerichts zu Mittag.

»Meinst du nicht, du wärst mit einem Geschworenengericht besser gefahren, Perry?« fragte Paul Drake.

Mason schüttelte den Kopf.

»Na, bisher sieht die Sache jedenfalls übel für euch aus«, stellte Drake fest. »Es läßt sich nicht leugnen, daß Anson ermordet wurde. Und die einzige Person, die überhaupt ein Motiv gehabt haben kann, ist seine Frau. Wenn man diese Tatsache mit den anderen Fakten in Zusammenhang bringt, muß der Richter sie ja schuldig sprechen. Er ist gerecht und wird sich durch eine gekonnte Schlußrede kaum von seiner Überzeugung abbringen lassen.«

»Das erwarte ich auch gar nicht«, versetzte Mason. »Ich werde genau fünfzehn Minuten plädieren, und wenn ich es innerhalb dieser Zeit nicht fertigbringe, die Unschuld meiner Mandantin klarzumachen, dann gebe ich auf.«

»Ich fürchte, der Richter hat seine Entscheidung schon getroffen«, sagte Drake.

»Kann sein.«

Drake blickte Mason argwöhnisch an. »Sag mal, Perry, du hast doch etwas in petto?«

»Verschiedenes«, erwiderte Mason lächelnd. »Der Bösewicht in unserem Stück ist George Findlay. Er hat es auf eine hübsche kleine Erbschaft abgesehen, die er sich jetzt nicht durch die Lappen gehen lassen will.«

»Und?« fragte Drake.

»Und deshalb muß Findlay nun auf Kohlen sitzen, weil er Angst hat, daß ich vielleicht doch einen Freispruch für Selma Anson erreiche. Wenn das geschieht, muß er befürchten, daß sie trotz all seiner Ränke und Intrigen Mrs. Delane Arlington wird.

Und wenn es dazu kommt, dann ist ziemlich klar, daß die erhoffte Erbschaft zumindest erheblich zusammenschrumpft.«

»Das liegt auf der Hand«, meinte Drake.

»Jetzt kommt es darauf an, es auch Richter Crowder klarzumachen«, erklärte Mason.

»Ich möchte wissen, wie du das dem Richter zur Kenntnis bringen willst«, meinte Drake. »Außerdem kann ich mir nicht vorstellen, daß du damit irgend etwas erreichst.«

»Findlay«, versetzte Mason, »ist kein Mensch, der die Hände in den Schoß legt und abwartet. Wenn er den geringsten Anlaß zu der Befürchtung sieht, daß die Angeklagte freigesprochen werden könnte, wird er alles daransetzen, die Dinge so zu manipulieren, daß ein Schuldspruch erfolgt.«

»Und?«

»Und wenn wir ihn dabei ertappen können, müßte Richter Crowder seine Entscheidung zumindest noch einmal überprüfen; wir hätten dann die Oberhand.«

»Du hast also etwas vor«, stellte Drake fest.

»Kann sein«, erwiderte Mason lakonisch. »Im Moment spricht jedenfalls eine Tatsache für uns. Du hast eben selbst darauf hingewiesen. Wer könnte sonst ein Motiv gehabt haben, Bill Anson zu vergiften?«

»Das soll eine Tatsache sein, die *für* euch spricht?« rief Drake aus.

»Ganz recht«, bestätigte Mason. »Darauf werden meine Ausführungen basieren.«

Drake starrte Mason offenen Mundes an. Der Anwalt schob seinen Stuhl zurück. »Gehen wir«, sagte er.

Als sie wenig später wieder in Masons Kanzlei waren, sagte der Anwalt zu Della Street: »Rufen Sie Pinky Brier an, Della. Fragen Sie, ob sie frei ist.«

»Wollen Sie eine Reise machen?«

»Wir nicht«, antwortete Mason. »Aber ich möchte wissen, ob sie frei ist. Erkundigen Sie sich nur, wo sie zu erreichen ist.«

Della Street ging zum Telefon und wählte. Nachdem sie eine Weile gesprochen hatte, drehte sie sich zu Perry Mason um. »Pinky«, berichtete sie, »ist nach Las Vegas geflogen. Vor ungefähr einer Stunde. Sie hatte zwei Passagiere, einen Mann und eine Frau. Sagt Ihnen das etwas?«

»Ihnen nicht, Della?« fragte Mason zurück.

Della Street riß die Augen auf. »Sie sind doch ein ganz gerissener Schurke«, sagte sie voller Bewunderung.

20

Als Richter Crowder um halb zehn Uhr seinen Platz eingenommen hatte und unter den Zuhörern Ruhe eingekehrt war, marschierte großen Schrittes Staatsanwalt Hamilton Burger in den Gerichtssaal und ließ sich neben Alexander Drew nieder.

Richter Crowder verbarg seine Überraschung nicht.

»Sind Sie in einer gesonderten Angelegenheit hier, Herr Staatsanwalt?«

»Nein, Euer Ehren«, erwiderte Hamilton Burger. »In dieser Sache hat sich eine Wendung von größter Bedeutung ergeben. Deshalb möchte ich bei der Verhandlung zugegen sein. Ich bitte darum, über diese neue Entwicklung selbst berichten zu dürfen.«

»Bitte«, sagte Richter Crowder.

Hamilton Burger stand mit gewichtiger Miene auf. »Es wurde mir zur Kenntnis gebracht, daß im vorliegenden Fall neues Beweismaterial entdeckt wurde, das von höchster Bedeutung ist. Ferner ist mir zu Ohren gekommen, daß Mr. Mason, der Herr Verteidiger in diesem Fall, auf irgendeine Weise von der Entdekkung des Materials erfuhr, ehe die Polizei davon unterrichtet wurde. Ich glaube, daß Mr. Mason gewisse Schritte unternommen hat, um die Einführung des Materials zu unterbinden.«

»Das ist eine sehr ernste Beschuldigung«, sagte Richter Crowder.

»Die Staatsanwaltschaft kann ihre Erklärungen durch Beweise stützen«, gab Burger gereizt zurück.

»Möchten Sie eine formelle Erklärung abgeben?« fragte Richter Crowder.

»Der Sachverhalt ist schnell geschildert, Euer Ehren. Wir haben allen Anlaß zu der Annahme, daß Delane Arlington ein sehr wichtiges Beweisstück fand, das bisher nicht entdeckt wurde. Er sprach mit seiner Nichte Daphne Arlington darüber. Wir glauben, daß Daphne Arlington daraufhin Mr. Mason aufsuchte. Wir glauben ferner, Perry Mason veranlaßte, daß der Zeuge Delane

Arlington per Flugzeug Kalifornien verließ und erst heute morgen zurückkehrte. Nun weigert sich der Zeuge, der Polizei irgendeine Auskunft über seinen Fund zu geben. Es versteht sich, daß die Polizei sehr interessiert an diesem Beweisstück ist. Durch Hörensagen wurde bekannt, daß es sich um eine Büchse mit dem Arsenpräparat ›Featherfirm‹ handelt. Es wurde in einem Schrank bei der Feuerstelle gefunden. Da sich beim besten Willen nicht einsehen läßt, was ein Präparat zur Konservierung von Vogelgefieder in einem Küchenschrank im Haus Delane Arlingtons zu suchen hat, da aber auf der anderen Seite der Täter allen Grund hatte, das Präparat gerade dort zur Hand zu haben, steht wohl fest, daß es sich hier um ein Beweisstück von größter Bedeutung handelt. Wir sind der Meinung, daß die Arbeit des Gerichts durch Ablenkungsmanöver und Ausweichtaktiken, die dazu bestimmt sind, uns dieses Beweisstück vorzuenthalten, ernstlich behindert wird.«

»Wissen Sie, wo sich dieses Beweisstück jetzt befindet?« fragte Richter Crowder.

»Ich bitte, das Verfahren lange genug zu unterbrechen, um das festzustellen«, sagte Hamilton Burger. »Ich möchte verschiedene Zeugen aufrufen und bitte das hohe Gericht, unter Anbetracht der vorliegenden Umstände die Kaution rückgängig zu machen und die Angeklagte in Haft zu nehmen.«

Richter Crowder blickte stirnrunzelnd auf Perry Mason nieder.

»Mr. Mason«, sagte er, »wollen Sie sich zu diesen Beschuldigungen äußern?«

»Nein, Euer Ehren. Ich möchte nur darum bitten, daß das Gericht mit seiner Entscheidung hinsichtlich der Kaution so lange wartet, bis das gesamte Beweismaterial vorliegt.«

Richter Crowder schüttelte den Kopf. »Ich habe mir seit gestern morgen über diesen Fall Gedanken gemacht. Meiner Meinung nach sollte die Angeklagte in Haft genommen werden. Das Gericht hebt hiermit die Verfügung auf, die die Angeklagte berechtigt, unter Hinterlegung einer Kaution auf freiem Fuß zu bleiben, und verfügt die Überführung der Angeklagten in polizeilichen Gewahrsam. Und nun, Mr. Burger, rufen Sie bitte Ihre Zeugen.«

»Ich rufe Daphne Arlington«, verkündete Hamilton Burger mit Würde.

Daphne Arlington trat vor, gab Namen und Adresse an und klärte ihren Verwandtschaftsgrad zu Delane Arlington.

»Erzählte Ihnen Ihr Onkel gestern, daß er in der Küche bei der Grillstelle im Garten etwas gefunden hätte, was ihn sehr bestürzte?« fragte Hamilton Burger.

»Einspruch!« rief Mason. »Darauf kann die Zeugin nur einen Bericht geben, der auf Hörensagen gegründet ist.«

Hamilton Burger runzelte verärgert die Stirn. »Ich führe im Moment keine Beweisaufnahme durch. Ich versuche lediglich, den Inhalt eines Gesprächs festzustellen, das als Einführung zur Vernehmung Delane Arlingtons dienen soll.«

»Ich halte meinen Einspruch dennoch aufrecht. Es handelt sich hier eindeutig um Hörensagen. Wenn der Staatsanwalt die Zeugin fragen will, ob Delane Arlington ihr gegenüber erklärte, daß er ein Beweisstück gefunden hätte, dann muß er gemäß der Verfahrensordnung zuerst Delane Arlington in den Zeugenstand rufen, und danach kann er die Zeugin zur Bekräftigung der Aussage vernehmen.«

»Bestehen Einwendungen gegen die Vernehmung Delane Arlingtons zu diesem Zeitpunkt?« fragte Richter Crowder.

»Mir wäre es lieber, wenn ich zuerst das Fundament legen könnte«, ließ sich Hamilton Burger vernehmen, »doch wenn das Gericht damit nicht einverstanden ist, kann ich auch zuerst Delane Arlington rufen. Miss Arlington, Sie können an Ihren Platz zurückkehren. Ich rufe Delane Arlington in den Zeugenstand.«

Delane Arlington trat vor.

»Sie heißen Delane Arlington und sind Eigentümer des Hauses, wo das Essen stattfand, um das es bei dieser Verhandlung geht?«

»Einen Augenblick.« Mason sprang auf. »Darf ich die Staatsanwaltschaft bitten, mir darüber Auskunft zu geben, ob es Zweck dieser Vernehmung ist, Beweismaterial gegen meine Mandantin, Selma Anson, ins Protokoll aufnehmen zu lassen?«

»Aber gewiß«, versetzte Hamilton Burger kurz.

»Dann«, sagte Mason, »möchte ich Sie darauf aufmerksam machen, daß der Zeuge die Aussage verweigern kann.«

»Was soll das heißen?« rief Richter Crowder.

»Er ist der Ehemann der Angeklagten«, erklärte Mason.

Überraschtes Schweigen quittierte seine Erklärung. Dann

drehte sich Hamilton Burger mit hochrotem Gesicht und schäumend vor Wut nach Mason um. »So ist das also!« schrie er unbeherrscht. »Deshalb bestanden Sie auf der Kaution für Ihre Mandantin. Deshalb ließen Sie die Verhandlung gestern vertagen.«

Richter Crowder klopfte ungeduldig und nachdrücklich. »Lassen Sie mich das klären, Herr Staatsanwalt«, sagte er.

»Wenn es mir erlaubt ist, eine kurze Erklärung abzugeben«, bemerkte Mason, »wird sich die Situation von selbst klären, glaube ich.«

»Ich habe, offen gestanden, meine Zweifel, ob ich dieser Bitte stattgeben soll«, versetzte Richter Crowder, »besonders im Hinblick auf die Tatsache, daß dem Gericht die Situation, die sich da enthüllt, ganz und gar nicht zusagt. Recht und Gerechtigkeit sind hier meiner Ansicht nach mißbraucht worden. Sie haben die Milde des Gerichts, das einer Freilassung Ihrer Mandantin unter Hinterlegung einer Kaution zustimmte, dazu ausgenutzt, der Staatsanwaltschaft ein Schnippchen zu schlagen, indem Sie veranlaßten, daß Ihre Mandantin sich mit einem Zeugen der Staatsanwaltschaft verheiratete. Ich beabsichtige, mich sehr eingehend mit diesem Vorfall zu befassen, sowohl vom Standpunkt des Berufsethos her als auch hinsichtlich der Frage, ob hier mit einer Verfügung des Gerichts Mißbrauch getrieben worden ist. Wenn Sie eine Erklärung abgeben wollen, so tun Sie das.«

»Ja, ich wünsche eine Erklärung abzugeben«, rief Mason. »Ich möchte feststellen, daß die Heirat zwischen Delane Arlington und Selma Anson nicht dem Zweck dienen sollte, die Ausübung der Gerechtigkeit zu behindern. Diese beiden Menschen lieben sich schon seit einiger Zeit, und wenn Delane Arlington nicht so offensichtliches Interesse für meine Mandantin bekundet hätte, wäre es wahrscheinlich gar nicht erst zu diesem Prozeß gekommen. Um meine Gutgläubigkeit unter Beweis zu stellen, bin ich bereit, dem Zeugen zu raten, auf sein Recht der Aussageverweigerung zu verzichten. Wir werden beantragen, daß es dem Zeugen gestattet werden möge, seine Aussage zu machen. Ich möchte dem hohen Gericht lediglich klarmachen, daß dies von seiten meiner Mandantin und ihres Ehemanns her aus freien Stücken geschieht. Damit dürfte wohl die Behauptung der Staatsanwaltschaft, daß die Heirat lediglich zu dem Zweck vollzogen wurde, die Ausübung der Gerechtigkeit zu behindern, eindeutig widerlegt sein. Diese

Heirat stellt die Erfüllung einer Liebe zwischen diesen beiden Menschen dar.« Mason machte eine Pause.

»Kurz gesagt«, fuhr er fort, »wir sind ebenso daran interessiert wie die Staatsanwaltschaft, den wahren Sachverhalt zutage zu fördern. Aus diesem Grunde, und um dem Zeugen Delane Arlington die Unerfreulichkeit dieser Situation zu ersparen, will ich Ihnen kurz schildern, was geschah. Gestern morgen ging der Zeuge hinunter zu der offenen Feuerstelle, wo damals das Abendessen stattfand, um das es hier geht. Er besichtigte unter anderem auch die Küche, weil er sich mit dem Gedanken trug, den Schuppen abzureißen. Als er den Schrank unter dem Spülbecken öffnete und hineinsah, entdeckte er in der Ecke eine Büchse ›Featherfirm‹. Die Büchse war noch zur Hälfte gefüllt. Der Zeuge, der natürlich außerordentlich bestürzt war über diese Entdeckung, wandte sich an seine Nichte Daphne und gab ihr die Büchse zur Verwahrung. Daphne wiederum gab sie an mich weiter. Ich habe diese Büchse bei mir und bitte sie als Beweisstück der Verteidigung in das Protokoll aufzunehmen.«

»Als Beweisstück der Verteidigung!« schrie Hamilton Burger.

»Ganz recht«, bestätigte Mason ruhig.

Delane Arlington, der noch immer im Zeugenstand wartete, starrte den Anwalt völlig verwirrt an.

Mason holte eine Büchse hervor, die ein weißes Pulver enthielt, und trat an den Zeugen heran. »Ist das die Büchse, die Sie Daphne gaben?«

»Einen Augenblick!« schaltete sich Hamilton Burger ein. »Ich bin bereit, mich mit der Erklärung des Herrn Verteidigers zufriedenzugeben. Ich möchte nicht dadurch, daß ich den Ehemann der Angeklagten eine belastende Aussage machen lasse, womöglich einen Verfahrensfehler riskieren. Ich bin auch bereit, die Erklärung des Herrn Verteidigers zu akzeptieren, daß der Zeuge tatsächlich der Ehemann der Angeklagten ist.«

»Das ist eine höchst ungewöhnliche Situation«, stellte Richter Crowder fest.

»Sehr gut«, sagte Mason. »Ich werde diese Büchse also als Beweisstück der Verteidigung ins Protokoll aufnehmen lassen. Ich möchte ferner feststellen, daß die Heirat zwischen Delane Arlington und meiner Mandantin auf Grund einer persönlichen Zuneigung zustande kam. Ich werde dem hohen Gericht zeigen, daß die Verteidigung keinerlei Grund hat, die Aufnahme dieses Beweisstücks in das Protokoll zu verhindern zu suchen. Im Gegenteil, wir haben sogar großes Interesse daran, es in das Verfahren aufnehmen zu lassen. Um dies nun eindeutig als Beweismaterial der Verteidigung zu identifizieren, möchte ich einige Zeugen vernehmen. Zuerst Leutnant Tragg.«

Tragg trat vor. Im Saal herrschte gespanntes Schweigen.

»Vor kurzer Zeit untersuchten Sie die Örtlichkeiten, wo das Abendessen stattfand, bei dem sich der Ehemann der Angeklagten eine tödliche Vergiftung zuzog. Damals fanden Sie den zerbrochenen Teller, der in die Beweisführung aufgenommen wurde. Ist das richtig?«

»Ja.«

»Als Sie damals die Durchsuchung vornahmen, durchsuchten Sie da alle Räumlichkeiten?«

»Ja.«

»Besteht auch nur die kleinste Möglichkeit, daß Sie im Laufe dieser Durchsuchung eine Büchse ›Featherfirm‹ übersehen haben könnten, die sich möglicherweise in einer dunklen Ecke eines kleinen Schrankes unter dem Spülbecken befand?«

»Einen Moment!« rief Hamilton Burger. »Ich erhebe Einspruch dagegen, daß die Verteidigung sich dieses Beweismaterial zu eigen macht. Es handelt sich hier um Beweismaterial der Staatsanwaltschaft. Weiß der Himmel, wie viele Fingerabdrücke schon dadurch verwischt wurden, daß die Büchse durch so viele Hände ging.«

»Es handelt sich um ein Beweisstück der Verteidigung«, beharrte Mason. »Kein Gesetz schreibt vor, daß die Verteidigung der Staatsanwaltschaft ihr Beweismaterial auszuhändigen hat, sobald sie es entdeckt.«

»Augenblick, Augenblick«, schaltete sich Richter Crowder ein. »Dem Zeugen wurde eine Frage gestellt. Hören wir uns doch seine Antwort an.«

»Gut«, meinte Mason, »beantworten Sie bitte die Frage, Leutnant. Ist es möglich, daß Sie dieses Beweisstück übersehen haben?«

»Auf gar keinen Fall«, erwiderte Tragg mit Nachdruck. »Ich höre zum erstenmal von dieser Entdeckung. Mit gutem Gewissen kann ich behaupten, daß wir jeden Winkel der Örtlichkeiten durchsucht haben. Die Polizei kennt keine sogenannten dunklen

Ecken. Ich hatte eine starke Taschenlampe bei mir und leuchtete jeden Winkel aus.«

»Danke«, sagte Mason, »das ist alles.«

»Kreuzverhör?« wandte sich Richter Crowder fragend an den Staatsanwalt.

»Nein«, versetzte der verblüffte Hamilton Burger. »Im Moment nicht.«

»Ich möchte jetzt Rayburn Hobbs in den Zeugenstand rufen«, erklärte Mason.

Hobbs, der im Gerichtssaal war, trat vor.

»Ich zeige Ihnen jetzt eine Büchse, die angeblich ›Featherfirm‹ enthält. Bitte sagen Sie mir, ob Sie diese Büchse schon einmal gesehen haben.«

»Ja.«

»Wann?«

»Heute morgen?«

»Woran erkennen Sie die Büchse?«

»Ich kennzeichnete sie mit meinen Initialen. Ich analysierte den Inhalt, um festzustellen, ob er Bestandteile des Mittels enthält, das wir eine Zeitlang unserem Erzeugnis zum Zweck der einwandfreien Identifizierung beigaben.«

»Fanden Sie Spuren dieses Mittels?«

»Nein.«

»Was hat das zu bedeuten?«

»Das bedeutet, daß dieses Pulver von unserer Firma innerhalb der letzten sechs Monate hergestellt und vertrieben wurde. Zudem ist das Etikett eines aus unserer neuen Serie. Diese neuen Etiketten wurden vor drei Monaten zum erstenmal verwendet. Sie sind den alten sehr ähnlich, tragen aber in der rechten oberen Ecke eine Erkennungsnummer.«

»Ihr Zeuge«, sagte Mason zum Staatsanwalt.

Hamilton Burger zögerte einen Moment. Dann fragte er: »Sie sind absolut sicher, Mr. Hobbs?«

»Absolut«, versicherte Hobbs.

Burger setzte sich. »Das ist alles.«

»Ich bitte Thomas Z. Jasper in den Stand«, rief Mason.

Atemloses Schweigen lag über dem Saal, als Jasper nach vorn schritt. Der Schatten eines Lächelns schwebte um den schmalen Mund Richter Crowders.

»Bitte sehen Sie sich jetzt im Gerichtssaal um«, wandte sich Mason an den Zeugen, »und sagen Sie mir, ob Sie jemanden hier sehen, der in Ihrem Geschäft eingekauft hat ... Nein, nein, einen Moment, Miss Arlington, ich muß Sie bitten zu bleiben. Und auch Sie, Mr. Findlay. Bitte kehren Sie an Ihre Plätze zurück.«

»Diese beiden Leute kenne ich«, erklärte Jasper.

»Bei welcher Gelegenheit lernten Sie sie kennen?«

»Die junge Frau kam vor ungefähr vierzehn Monaten in meinen Laden und verlangte ›Featherfirm‹.«

»Und daran können Sie sich jetzt noch erinnern?«

»Ich erinnere mich deshalb, weil sie mir auffiel. Es war unverkennbar, daß sie vom Vogelpräparieren keine Ahnung hatte. Sie wollte nur ›Featherfirm‹. Ich fragte sie, ob sie es für einen Bekannten besorgte, und sie erwiderte, sie kaufe es für sich selbst.«

»Und der Herr, der an der Tür steht?«

»Der Herr war vor ungefähr einer Woche bei mir im Geschäft und kaufte eine Büchse ›Featherfirm‹.«

»Kreuzverhör, Mr. Burger?« wandte sich Mason an den Staatsanwalt.

Burgers Blick schweifte von dem Zeugen zu George Findlay und Mildred Arlington.

»Nein«, sagte er. »Keine Fragen.«

»Ich möchte jetzt Delane Arlington noch einmal in den Stand rufen«, verkündete Mason.

Delane Arlington kam, offensichtlich verwirrt und ratlos, durch den Gang.

»Mr. Arlington«, sagte Mason, »wir haben gehört, daß Sie eine Vorliebe für Krabbensalat haben und daß Sie ihn besonders gern essen, wenn Ihre Nichte Mildred oder die Frau Ihres Neffen, Lolita Arlington, ihn zubereitet.«

»Das stimmt.«

»Sie verzehrten stets eine große Portion, wenn der Salat in Ihrem Haus serviert wurde, nicht wahr?«

»Ja.«

»Denken Sie jetzt bitte genau nach«, bat Mason ihn. »Versuchen Sie sich den Abend ins Gedächtnis zurückzurufen, an dem William Anson sich die Vergiftung zuzog. Erinnern Sie sich, ob Selma Anson zwei Portionen zu dem Tisch brachte, an dem Sie sich mit William Anson niedergelassen hatten?«

»Ja, ich erinnere mich ganz genau. Ich ... Sie wollen doch, daß ich Ihre Fragen offen beantworte, nicht wahr? Ja, ich entsinne mich, daß sie die Salate brachte.«

»Gut«, meinte Mason. »Jetzt überlegen Sie sich bitte Ihre Antwort ganz genau: Besteht die Möglichkeit, daß Sie William Anson Ihre Portion gaben? Vielleicht sagten Sie: ›Hier, ich habe eine größere Portion als Sie. Tauschen wir doch.‹«

Delane Arlington runzelte in angestrengtem Nachdenken die Stirn. Dann erhellte sich sein Gesicht plötzlich. »Lieber Gott, ja!« rief er. »Genauso war es. Ich erinnere mich jetzt, daß Anson sagte, er äße leidenschaftlich gern Krabbensalat. Er erklärte, das wäre eine seiner Lieblingsspeisen. Daraufhin sagte ich: ›Hier, nehmen Sie meine Portion. Sie ist größer.‹«

»Und Sie tauschten Ihre Teller aus?«

»Ja.«

»Das rettete Ihnen das Leben«, stellte Mason fest. »Ich bitte, die Büchse ›Featherfirm‹ als Beweisstück der Verteidigung ins Protokoll aufzunehmen und festzustellen, daß nicht nur der Versuch gemacht wurde, die Angeklagte für ein Verbrechen büßen zu lassen, das sie nicht begangen hat, sondern außerdem, daß die Vergiftung William Ansons nicht beabsichtigt war. Die tödliche Dosis war für Delane Arlington gedacht. Nur eine Person unter den Betroffenen konnte ein Motiv gehabt haben, William Anson zu töten: die Angeklagte, Selma Anson. Doch es gab mehrere Personen, denen Delane Arlingtons Tod zum Vorteil gereicht hätte. Und eine dieser Personen ist seine Nichte Mildred Arlington.« Mason wandte sich an Hamilton Burger. »Haben Sie Fragen an den Zeugen?«

Hamilton Burger beriet sich flüsternd mit seinem jungen Mitarbeiter. »Nein«, sagte er dann. »Keine Fragen.«

»In diesem Falle«, sagte Mason, »und wenn die Staatsanwaltschaft bereit ist, das Verfahren einzustellen, verzichtet die Verteidigung auf ein Plädoyer.«

»Die Staatsanwaltschaft stellt das Verfahren ein«, verkündete Hamilton Burger.

»Legen Sie Wert auf eine Schlußbemerkung?« fragte Richter Crowder den Staatsanwalt.

»In diesem Fall nicht«, gab Burger verdrossen zurück.

»Die Angeklagte ist nicht schuldig«, verkündete Richter

Crowder. »Sie wird aus der Haft entlassen, ihre Kaution ist zurückzuerstatten. Das Gericht verfügt hiermit, Mildred Arlington und George Findlay in Haft zu nehmen. Diese Verfügung basiert auf dem Verdacht, daß falsches Beweismaterial untergeschoben wurde. Das Gericht empfiehlt jedoch der Staatsanwaltschaft, diese beiden Personen unter Mordverdacht und Verdacht der Mittäterschaft in Haft zu nehmen. Die Sitzung ist hiermit vertagt.«

Der Richter stand auf. Die Zuhörer klatschten donnernd Beifall. Richter Crowder drehte sich um, blickte streng in die Menge, als wollte er der Demonstration Einhalt gebieten; dann jedoch fiel sein Blick auf Selma und Delane Arlington, die einander in den Armen lagen. Da lächelte er und begab sich hinaus.

Mason, der seine Unterlagen einpackte, während er von Gratulanten umringt wurde, warf einen Blick auf George Findlay. Er verbeugte sich leicht. »Sie haben diese Ehe zustande gebracht. Adieu, Amor wider Willen.«

George Findlay, schnaubend vor Zorn, drängte sich an den Zuschauern vorbei, um sich auf Mason zu stürzen. Doch der Arm des Gesetzes war schneller.

»Sie sind verhaftet«, sagte der Polizeibeamte.

Leseprobe aus Scherz-classic-Krimi 1038

DAS ZEICHEN DER VIER

von Sir Arthur Conan Doyle

Es war schon sechs Uhr, als Holmes zurückkam. Er war heiter, lebhaft und in bester Laune, ein Zustand, der bei ihm mit Phasen düsterer Niedergeschlagenheit abzuwechseln pflegte.

»Diese ganze Affäre ist gar nicht so geheimnisvoll«, erklärte er und nahm die Tasse Tee, die ich für ihn eingeschenkt hatte. »Die Tatsachen lassen nur eine einzige Deutung zu.«

»Was? Sie haben den Fall schon enträtselt?«

»Nun, das wäre zuviel gesagt. Ich habe lediglich eine aufschlußreiche Entdeckung gemacht, das ist alles. Sie ist sogar *sehr* aufschlußreich. Einzelheiten müssen noch hinzugefügt werden. Ich habe eben beim Durchlesen von alten *Times*-Nummern festgestellt, daß Major Sholto aus Ober-Norwood, ehemals beim 34. Infanterieregiment in Bombay, am 28. April 1882 gestorben ist.«

»Ich bin vielleicht schwer von Begriff, Holmes, aber ich sehe nicht, worauf das schließen läßt.«

»Nicht? Ich muß mich wundern über Sie. Folgen Sie meinen Ausführungen: Hauptmann Morstan verschwindet; die einzige Person, die er in London besuchen konnte, ist Major Sholto; Major Sholto erklärt, nichts davon gewußt zu haben, daß Morstan in London sei; vier Jahre darauf stirbt Sholto. *Eine Woche nach seinem Tod* erhält die Tochter Hauptmann Morstans ein wertvolles Geschenk, und das von da an Jahr für Jahr, und nun gipfelt die Angelegenheit in einem Brief, der Miss Morstan als eine Frau bezeichnet, der Unrecht geschehen ist. Worauf soll sich das beziehen, wenn nicht auf das Verschwinden ihres Vaters? Und warum sollten die Geschenksendungen unmittelbar nach Sholtos Tod beginnen, wenn nicht der Erbe von Major Sholto etwas über das Geheimnis wüßte und den Wunsch nach Wiedergutmachung hätte? Haben Sie irgendeine andere Theorie, die im Bereich des Möglichen liegt und sich mit unseren Fakten deckt?«

»Was für eine merkwürdige Wiedergutmachung! Auf welch sonderbare Art! Und warum schreibt er erst jetzt den Brief statt vor sechs Jahren? Andererseits spricht er in dem Brief davon, ihr zu ihrem Recht verhelfen zu wollen. Zu welchem Recht kann man ihr denn noch verhelfen? Es wäre zu optimistisch anzunehmen, daß ihr Vater noch am Leben ist. Und von einem anderen Unrecht, das Ihnen bekannt wäre, ist ja nicht die Rede.«

»Es gibt noch einige Probleme, ganz gewiß«, erwiderte Sherlock Holmes nachdenklich; »aber unser kleiner Ausflug heute abend wird sie lösen. Ah, das ist ja schon die Droschke mit Miss Morstan. Sind Sie soweit? Dann wollen wir hinuntergehen, es ist schon nach sechs.«

Ich langte nach meinem Hut, ergriff meinen schwersten Stock und sah, daß Holmes seinen Revolver aus der Schublade nahm und in die Tasche gleiten ließ. Er glaubte also, unsere heutige Aufgabe könnte gefährlich werden.

Miss Morstan hatte sich in einen dunklen Mantel gehüllt. Ihr feinnerviges Gesicht war gesammelt, aber bleich. Sie wäre keine Frau gewesen, wenn sie nicht ein gewisses Unbehagen bei dem seltsamen Unternehmen gespürt hätte, zu dem wir gerade aufbrachen. Doch beherrschte sie sich tadellos und antwortete bereitwillig auf die paar Fragen, die Sherlock Holmes noch an sie richtete.

»Major Sholto war ein besonders guter Freund von Papa«, sagte sie. »In seinen Briefen hat Papa ihn sehr oft erwähnt. Er und mein Vater befehligten gemeinsam die auf den Andamanen stationierten Truppen, so daß die beiden Männer lange Zeit sehr eng zusammenarbeiteten. Übrigens ist ein seltsames Schriftstück in Vaters Schreibtisch gefunden worden, das niemand verstehen konnte. Ich nehme nicht an, daß es auch nur die geringste Bedeutung besitzt, aber ich dachte mir, Sie würden es vielleicht gerne sehen, deshalb habe ich es mitgebracht. Hier ist es.«

Holmes entfaltete das Papier sorgsam und breitete es auf seinen Knien aus. Dann prüfte er es methodisch mit der Lupe.

»Der Bogen stammt aus der indischen Papiermanufaktur«, bemerkte er. »Er war eine Zeitlang an einem Brett befestigt. Die grafische Darstellung darauf scheint der Plan eines Gebäudeteils mit zahlreichen Räumen, Korridoren und Verbindungsgängen zu sein. An einem Punkt wurde ein kleines Kreuz mit roter Tinte eingetragen, und darüber steht in verwischter Bleistiftschrift: 3,37 von links. In der linken Ecke sind merkwürdige Hieroglyphen, die wie vier Kreuze aussehen, deren Längsarme sich berühren. Daneben steht in sehr grober, ungebildeter Schrift: ›Das Zeichen der Vier – Jonathan Small, Mahomet Singh, Abdullah Khan, Dost Akbar.‹ Ich gebe zu, daß mir nicht klar ist, in welchem Zusammenhang dieses Papier mit unserem Fall steht. Und doch ist es ein wichtiges Dokument. Es wurde sorgfältig in einem Notizbuch verwahrt, denn die Vorderseite des Bogens ist ebenso sauber wie die Rückseite.«

»Wir fanden es tatsächlich in Papas Notizbuch.«

»Heben Sie es gut auf, Miss Morstan, denn es könnte uns doch von Nutzen sein. Ich beginne zu vermuten, daß der ganze Fall doch viel komplizierter ist, als ich zu Beginn annahm.«

Er lehnte sich zurück, und ich konnte an seinen zusammengezogenen Brauen und dem ausdruckslosen Blick erkennen, daß er angespannt nachdachte ...

Bitte lesen Sie weiter in Band 1038

der Scherz-classic-Krimis:

DAS ZEICHEN DER VIER

von Sir Arthur Conan Doyle